へ
クパーティが
冒険者を
強ギルドを
創ります〜
メソポ・たみあ
イラスト U助

「その子を追放するんですか？
じゃあウチが貰いますね」
アイゼン・テスラー
追放ブームを終わらせるため、自ら追放者たちのギルドを起ち上げる。正義感に溢れた性格で仲間想い
隠しスキル「鑑定眼」
対象者の隠しスキルを見抜く

「アイゼン様のためにも……
私、やってみます！」
ヴィリーネ・アプリリア
Sランクパーティ『銀狼団』を追放された剣士の少女。臆病な性格だが、アイゼンに出会い自信を持てるようになる
隠しスキル「超第六感」
モンスターの出現位置や弱点、トラップなどを予知できる
「ふざけんじゃないわよ！
アタシがいつパーティに迷惑かけたっていうの!?」
マイカ・トライアンフ
Sランクパーティ『アイギス』を追放された魔術師。狐の獣人族。気が強いが、なぜか不運に見舞われることが多い……
隠しスキル「巫《かんなぎ》の祝福」
1度の戦闘で味方1人への攻撃を3回まで無効化する

「皆さん、注意してください……来ます！」
静寂を突き破って、
巨大な蛇が湖の中から現れる。
そして蛇はこちらに向かって、
バックリと口を開けながら
襲い掛かってくる。
「ッ！　2人共避けろ！」
俺はその攻撃を回避し、
ヴィリーネとマイカも
既《すんで》のところで余裕でかわす。
そして奇襲に失敗した蛇が
湖の方へと戻っていくと、
さらに湖の中から
1つ、2つ、3つと同じ蛇の頭が出現。
最終的に7つの蛇の頭を持つ
巨大なモンスター、
アクア・ヒュドラが
「マイカ！ヴィリーネの援護を！」
「ヴィリーネ先輩、信じて！
あなたに魔術は通用しない！
あなたには祝福が付いている！」

ようこそ『追放者ギルド』へ

～無能なSランクパーティがどんどん有能な冒険者を追放するので、最弱を集めて最強ギルドを創ります～

メソポ・たみあ

角川スニーカー文庫

22578

contents

口絵・本文イラスト U助　デザイン たにごめかぶと（ムシカゴグラフィクス）

プロローグ

「ヴィリーネ先輩、そっちに行ったわよ！」

「はい、マイカちゃん！　任せてください！」

2人の少女——いや冒険者が、息の合ったコンビネーションでモンスターを追い詰めていく。

場所は秘境とも呼ばれる深い森の中。

相手はライオンの身体にコウモリの翼を持ち、猛毒を持つサソリの尻尾《しっぽ》が生えたマンティコア。

並のモンスターより遥《はる》かに凶暴なコイツはSランクモンスターに指定されており、少し腕が立つくらいの冒険者じゃ歯が立たないほどの強さだ。

そんな凶悪な敵を相手に、果敢に挑む冒険者の2人。

華奢《きゃしゃ》な体軀《たいく》の彼女たちは、一見するだけではあまり強そうには見えない。

年齢だってまだ若く、強靱《きょうじん》や屈強という言葉よりは可憐《かれん》という言葉が似合いそうなほどだ。

だからマンティコアなどというモンスターを相手にすれば、あっという間にやられてもおかしくないのだが――

『ガアァ！』

「甘いです！　ハアッ！」

彼女たちは苦戦するどころか、かなり優位に戦っていた。

剣士の少女がマンティコアのかぎ爪を回避すると、すり抜けざまに斬撃《ざんげき》。

だがマンティコアもその程度では致命傷にならず、翼を羽ばたかせて一旦《いったん》距離を取ろうとする。

その動きを見た俺は、

「マイカ！　魔術で翼を狙うんだ！」

「わかったわ！　氷よ――〈アイシクル・ショット〉！」

魔術師の少女は何十もの氷の飛礫《つぶて》を放ち、マンティコアの翼を穴だらけにしてしまう。

飛べなくなったマンティコアには大きな隙が生まれ、その瞬間を剣士の少女は見逃さない。

「マイカちゃん凄《すご》いです！　私も負けてられません！　たあぁッ！」

渾身《こんしん》の一撃を放つべく、細剣《レイピア》を構えて跳躍。

『ガア！』

だがマンティコアも反撃すべく、サソリの尻尾で剣士の少女を狙う。

尻尾の針には猛毒が含まれており、それで貫かれればひとたまりもないが——

「無駄よ！　ヴィリーネ先輩には祝福が付いてるんだから！」

魔術師の少女が、得意気に叫ぶ。

直後——ギインッと、剣士の少女を包む不可視の力が猛毒の針を弾《はじ》き返した。

そして剣士の少女はマンティコアの背中に着地し、剣の切っ先を叩《たた》き込む。

『ガ……ア……』

強大な力を持つマンティコアが崩れ去る。

——一撃。彼女が放った攻撃は、たった1度の攻撃で相手を沈めてしまった。

文句なしの一撃必殺《クリティカル》である。

「やったあ！　やりましたアイゼン様！　あのマンティコアを倒しちゃいましたよ！」

剣士の少女が嬉々《きき》として言う。

「ああ、よくやったね2人共。しかしこの調子だと、もう2人だけで秘境ダンジョンを踏破できちゃいそうだな……」

「バカ言わないの。アンタの指揮能力は頼りにしてるんだから。しっかりしてよね」

「そうですよ！　それにアイゼン様がいてくれたから、私たちはここまで来られたんです！　『追放者ギルド』のギルドマスターとして、まだまだ私たちを引っ張っていってくださいね♪」

2人に励まされてしまう俺。

──もしこの場になにも知らない者がいたら、彼女たちはさぞ名の知れたSランク冒険者にでも見えることだろう。

でなければ、こんなに強いはずがないと。

だけど、実際はそうじゃない。

──一体、どれほどの人が信じられるだろうか？

彼女たちが──かつて役立たずとしてパーティを追われた、追放者だってことを。

第1章　追放者

「脱退届をギルドに出してきてやったぞ！　これで、晴れてお前も追放者だなぁ！　ヒャハハハ！」

「いやぁ～！　捨てないでくださいぃ～！」

――こんな光景を目にするのは、もう何度目だろう。

〝追放ブーム〟。巷《ちまた》では、そんな言葉が流行《はや》っている。

SランクやAランクなんかの高位ランクパーティが、次々と仲間を追放するようになったからだ。

追放する理由は単純明快、〝ステータスが低い〟から。

今まさに追放されようとしている冒険者も、同様の理由らしい。

泣き崩れる彼女を見て、パーティメンバーたちはゲラゲラと下品な笑い声を上げている。

それを見た俺は彼らに近付き、開口一番に言った。

「その子を追放するんですか？　じゃあウチが貰《もら》いますね」

「アイゼン・テスラーくんと言ったかな？　申し訳ないが、キミはギルドマスターには向いてないよ。ウチで働くのは諦《あきら》めたまえ。ってワケで、はい不採用」

そんなことを言われて、〝不採用〟の印を押された履歴書を突き返されたのが――ついさっきの話。

◇◇◇

俺はガックリと頭《こうべ》を垂れながら、『デイトナ』という街の通りを歩いていく。

「またかぁ～……これで10回目だよ……」

そう、既に10回目だ。俺が冒険者ギルドの就活で不採用と言われるのは。

面接官からあんな感じであしらわれるのも、もう慣れたものである。

我ながら情けないことに免疫が付いてしまったなぁ、などと思う今日この頃。

――俺の名前はアイゼン・テスラー。

これでも、ギルドマスター育成学校を卒業した立派な学士だ。

ギルドマスターは人気の職業である。

特に荒くれ者が多く在籍する冒険者ギルドでは花形であり、そのギルドマスターになりたいと願う若者は多い。

俺もそんなギルドマスターに憧《あこが》れて入学し、卒業を果たした立派な学士……ではあるのだが、実際には学士など名ばかりでずっと落ちこぼれだったんだけど。

正確には落ちこぼれというより問題児だったと言うべきか。

成績自体は悪くなかったのだが、大抵の教諭と仲が悪い——というよりも露骨に嫌われており、厄介者扱いをされていた。

故にほとんどの教科で最低の評価点をもらい続け、卒業できたのだって「邪魔だから追い出したい」という意見で教諭たちが満場一致したから、なんて話を耳にしたくらい。

いやまあ、教諭たちが俺を毛嫌いしていた理由はわかってる。

別に素行不良だったつもりはないし、教諭たちに進んで喧嘩《けんか》を吹っ掛けたこともない。

では何故かと言うと——俺は単に、自分の意見を曲げなかったからだ。

自分自身の考え方や思想を、俺は決して捨てなかった。

それが彼らには気に食わなかったようだ。

お陰で、在学中の俺は頭のおかしい奴扱いだった。

だがしかし！　世の中に出れば俺の考えを認めてくれる冒険者ギルドも存在するはず！

……なんて思っていたのも、今や過去の話。

どこのギルドに行っても、やっぱり俺は変な奴だったらしい。

意気揚々と臨んだ面接の数々を思い出す度、悲しい気持ちになるよ……

一応言っておくと、冒険者ギルドはどこも常に人手を欲している。

今や冒険者は人気職だし、その冒険者を支える冒険者ギルド連盟も隆盛を迎えていると言っていい。

様々な冒険者ギルドが起《た》ち上がっては職員募集の張り紙を出しているので、決して不景気だとかそんな話ではない。

にもかかわらず、俺が採用されない理由。

それは――

「だっておかしいだろ、〝冒険者はステータスが全て〟なんて、そんなの……」

ハッキリ言って、俺の考え――つまり思想が、今の冒険者ギルドが求める人材とは全く異なるからなのだ。

……遡《さかのぼ》ること1年前、商業ギルドから〈ステータス・スカウター〉というアイテムが発売された。

冒険者――というよりも着用者のステータスを数値にし、わかりやすく視覚化してくれる便利な物である。

その数値化はかなり精確で、自分の具体的な能力を知ることができると冒険者の間で瞬く間に普及。

現在では冒険者にとって必須《ひっす》とすら言えるアイテムとなっている。

実際、高位ランクパーティに所属する冒険者は軒並みステータスが高いし、逆にステータスが低い冒険者は下位ランクに甘んじていることも多い。

新規に冒険者を雇ったり、彼らをランクアップさせる役割を担う冒険者ギルドからしても、具体的な数値というのは大きな指標になるのだ。

数値は嘘を吐かない——ステータスこそが評価の基準——

それが今の冒険者、ひいては冒険者ギルド全体の考え方なのだ。

だけど……俺は冒険者ギルドの面接で、必ず同じことを言う。

〝冒険者の価値は、数値《ステータス》では決まらないと思います〟

この言葉を聞いた面接官は、決まって怪訝《けげん》な顔をした。

そりゃそうだろう、俺の考えは時代に逆行しているのだから。

でも、俺にも俺なりの根拠があって言っていることなのだ。

だから意志を曲げるつもりはないのだが……

――ま、でもいいさ。

晴れて10回目の面接に落ちて、むしろ踏ん切りがついた。

前々から決めてたんだ。この面接でもダメだったら――自分でギルドを起ち上げようって。

俺自身が0からギルドを創って、ギルドマスターになってやる。

それは俺にとって、ずっと人生の目標だった。

思い切って始めるには、丁度いい機会なのかもしれない。

そしてギルドの名を広めて、俺の考えはおかしくなんてないし、間違ってなんかいないって証明してみせる。

いや、証明しなくちゃならないんだ。

なぜなら――

「おい〝ビリのヴィリーネ〟！　喜べ、いい報《しら》せを持って来てやったからよ！」

そんなことを考えながら歩いていると、通りに面する冒険者ギルドの中から声が聞こえた。

嘲《あざけ》りが混じった怒鳴り声。

これは……十中八九間違いない。

俺は声がした冒険者ギルドの扉を開き、中へと入って行く。

するとそこには、身なりの整った冒険者パーティの一団と、やはり冒険者の格好をした1人の少女の姿。

「い、いい報せ……？　いったい、なんでしょうか……？」

長い金髪とやや古びた冒険者の装い、年齢はおそらく17歳前後。

美人でカワイイ系だが、その顔からは不安と恐怖が見て取れ、プルプルと小さく肩を震わせている。

そんなあどけない冒険者少女を見て、騎士風の鎧《よろい》を着た人相の悪い男が笑みを浮かべた。

「脱退届をギルドに出してきてやったぞ！　これで、晴れてお前も追放者だなぁ！　ヒャハハハ！」

その言葉を聞いた瞬間、少女の表情は凍り付いた。

「いやあぁ～！　捨てないでくださいぃ～！」

ヴィリーネという金髪の少女は、涙を流しながら騎士風の男の足にすがり付く。

「うるせぇ！　万年ビリのくせに、このサルヴィオ様に触んじゃねぇよ！」

「どうして捨てるんですかぁ～！　私、ずっと頑張ってきたのにぃ～！」

「どうして、だぁ……？　そんなの、お前のステータスが低いからに決まってんだろーが！」

サルヴィオという騎士風の冒険者は、容赦なくヴィリーネを蹴《け》り飛ばす。

ああ……またか……

その光景を見た俺は暗い気持ちになり、ため息を吐く。

こんな光景を目にするのは、もう何度目だろう。

俺が冒険者ギルドを訪れる度に、こうして誰かがパーティから追放される場面を目撃している。

いや——この追放という行為自体が、今や冒険者の日常と化しつつあるのだ。

〝追放ブーム〟。そんな言葉が、最近冒険者たちの間で流行語となっている。

これは読んで字の如く冒険者が仲間を追放することがブームとなり、多くの冒険者が口にするようになったためだ。

流行《はや》り言葉にブームという単語自体が含まれるのは違和感があるが、事実なのだから仕方ない。

そもそも〝追放ブーム〟が起き始めたのも、〈ステータス・スカウター〉のせいである。

〈ステータス・スカウター〉の登場は確かに画期的だったが、冒険者の世界に明暗をもたらすこととなった。

　個人の能力が数値として見られるようになったことで、高位ランクパーティはより高いステータスを持つ者を求めるようになったのである。

　そして高いステータスを持つ冒険者を加入させるため、パーティ内で最もステータスの低い仲間を追放する……そんなことが繰り返されている。

　サルヴィオは床に倒れるヴィリーネを見下し、

「いいかぁ？　俺様たち『銀狼団』は、Ｓランクパーティに格上げになったんだよ。だから今以上の戦果を挙げるためにも、より高いステータスの仲間を招かないといけねぇ。つまり席を１つ空ける必要があるワケだが……俺様たちの中で一番ステータスが低いのは、誰だっけ？」

「そ、それは……私ですけどぉ……」

「ヒャハハハ！　よくわかってんじゃねーか！　流石は〝ビリのヴィリーネ〟だなぁ！」

「よかったじゃんか、流行りの〝追放ブーム〟に乗れてさぁ、ククク」

「お荷物が消えてくれて清々するわ。トラップ避《よ》けにしかならない剣士なんて邪魔なだけだもの」

サルヴィオとその仲間は、最高にバカにした笑い声を上げる。

――ハッキリ言って、俺はこの流行をクソだと思っている。

ステータスの高い冒険者は強い。ステータスの高い冒険者パーティは優れた成果《スコア》を挙げる。

それは1つの事実かもしれないが――どいつもこいつも、低ステータス者の持つ数値《ステータス》以外の価値に気が付いていない。

そう例えば――〝隠しスキル〟とか。

俺は一度目を閉じ、

「……【鑑定眼】」

自らのスキルを発動し、改めて目を開く。

すると、ヴィリーネやサルヴィオたちの胸元に文字が浮かんで見えた。

そこに書かれていたのは――彼女たち冒険者が持つ、唯一にして固有の〝隠しスキル〟。

これこそが、俺が冒険者の価値は数値《ステータス》では決まらないと断言する根拠なのだ。

俺の目には、他者の持つスキルを見抜く能力がある。

〝隠しスキル〟を見抜くスキル〟とでも言えようか。

この能力に気付いたのは子供の頃。

昔は、他者に表示される文字を誰しもが見えるモノだと思っていたが、ふと母に尋ねた時「そんな文字はどこにもないわよ」と諭されたのがきっかけだった。

そしてギルドマスター育成学校に入る頃には意識的に見る／見ないのスイッチができるようになり、表示される文字の意味も理解できるようになっていた。

生憎《あいにく》、育成学校では「そんなの見えるワケない！」とたった1人の友人以外は誰も信じてくれなかったが。

さて、まずは大口を叩《たた》くサルヴィオという冒険者の〝隠しスキル〟を見てみよう。

＝＝＝＝＝＝＝＝＝＝＝＝＝＝＝＝＝

スキル【屈強な肉体】

攻撃力と防御力を基礎ステータスから1.4倍にする

＝＝＝＝＝＝＝＝＝＝＝＝＝＝＝＝＝

ほう、基礎ステータスを向上させるスキルか。

実は彼に限らず、高いステータスを持つ者は基礎能力を引き上げる〝隠しスキル〟を持つ場合が多い。
それ自体はシンプルに強力であるし、彼の1.4倍という倍率も悪くはない。
だが――ヴィリーネの〝隠しスキル〟を見てみると――

＝＝＝＝＝＝＝＝＝＝＝＝＝＝＝＝＝＝＝＝＝＝＝

スキル【超第六感】

優れた直感によりモンスターの出現位置やトラップを予知し、回避することができる

またモンスターの攻撃を予測することができる他、弱点を見極めることができる

＝＝＝＝＝＝＝＝＝＝＝＝＝＝＝＝＝＝＝＝＝＝＝

――ほら、思った通り。
とてつもなく強力なスキルの持ち主だった。

【超第六感】……言い換えればスーパー・シックスセンスって感じか？

モンスターの出現ポイントやダンジョンのトラップ配置を見破ることができ、戦闘時には敵の攻撃を予測回避しつつ弱点に必殺の一撃を叩き込める——

深く考えるまでもなく、超有能な能力だ。

偉そうなサルヴィオとは比較にもならない。

こんな貴重なスキルを持っているにもかかわらず、彼女がパーティから追い出されそうになっているのは、十中八九彼女が自分の能力に気が付いていないからだろう。

〝隠しスキル〟は全ての人間が持っているモノだが、それに気付ける者は数少ない。

ほとんどの人は無意識的にスキルを発動させていたり、あるいは全く使ってなかったりする。

ステータスが低く、パーティにも恵まれないヴィリーネが今日まで生き残ってこられたのも、【超第六感】が無意識に発動していたからで間違いない。

彼女をトラップ避けにしていたという発言からも、パーティの先鋒《せんぽう》・尖兵《せんぺい》——悪く言えば肉盾として扱われていたはずだ。

知らず知らずの内に、彼女はパーティの危機を回避していたのだろう。

モンスターの弱点を見抜けても活躍できなかったのは、他のメンバーが手柄を横取りしてたってところか。

……ヴィリーネのお陰で危機的状況に陥らなかっただけなのに、そんなことも知らずに追放する……こんな無能共がSランクパーティとは……

これでいいのか？　これが冒険者と、それを支える冒険者ギルドのあるべき姿なのか？

ステータスという目に見える数値ばかりに気を取られて、本当の価値に見向きもしない。

そして不条理な理由で、有能な者が追放されていく。

俺には――こんな世の中が到底許せない。

だからこそ――俺は、自分でギルドを創ろうと思ったのだ。

腹を据えた俺は、『銀狼団』の下へと歩み寄っていく。

すると、サルヴィオがこちらに気付いた。

「あん……？　なんだ、てめぇ？」

「その子を追放するんですか？　じゃあウチが貰《もら》いますね」

「ふぇ……？」

俺の言葉を聞いたヴィリーネは泣き止み、キョトンとした表情でこちらを見る。

同様に、サルヴィオを始めとした『銀狼団』のメンバーも面食らった感じで、茫然《ぼうぜん》とする。

俺の登場が、あまりにも予想外だったのだろう。

俺はもう一度口を開き、

「その子の脱退届は、もうギルドに出したんですよね？　じゃあヴィリーネちゃん？はウチで預かるので。文句は聞きません」

「な……な……なんだぁ!?　てめぇ、どこのパーティのモンだ!?」

「どこのパーティの者でもありません。なんなら冒険者でもない。俺は新興のギルドを起《た》ち上げたばかりで、団員のスカウトをしているんですよ。とても有能な冒険者がフリーになったようなので、声をかけたんです」

俺は、俺自身の手でギルドを創る。

大勢の追放者を集めて、追放者による追放者のための組織を創り上げるんだ。

そして追放者は無能なんかじゃないってことを、世界に知らしめてみせる。

俺にとって人生の目標がギルドマスターになることならば、人生の夢は〝追放ブーム〟を終わらせることだ。

ステータスが低くても貴重な能力を持つ者たちが、正当な評価を受けられる世の中にすることだ。

そのために、俺は人生を賭《か》けよう。

これは、その決意の表れ。

まだ名もない新興ギルドの第一歩だ。

「新興のギルド……だとぉ……？」

俺の発言を聞いて、面食らっていたサルヴィオは不敵な笑みを浮かべる。

「ヒャハハ……やめとけやめとけ、人集めで手当たり次第に声をかけてんのかもしれねぇが、優しい俺様が忠告しといてやるよ」

彼は肩をすくめると、ヴィリーネを指差した。

「コイツは〝ビリのヴィリーネ〟つってな、俺様たちパーティの中でもダントツにステータスが低いんだわ。攻撃力も防御力も体力もスタミナも、全ステータスが最低値。オマケに臆病《おくびょう》なせいで戦闘じゃとんと役に立たねぇ。雇ってもお荷物になるだけだぜ？　おいヴィリーネ！　お前のステータスを見せてやれよ！」

「うぅ……はい……」

従う必要もないのに、命令されるがままステータスを表示しようとするヴィリーネ。

素直な性格なのだろうが、彼女の場合他人に従順すぎるかもしれない。

そしてヴィリーネが手首に巻いた〈ステータス・スカウター〉を起動させると、空中に光の文字が浮かび上がる。

＝＝＝＝＝＝＝＝＝＝＝＝＝＝＝＝＝＝＝＝＝＝＝＝

ヴィリーネ・アプリリア

体力：７６３

スタミナ：６１２

魔力：２１５

攻撃力：５９６

防御力：５８８

素早さ：８４３

＝＝＝＝＝＝＝＝＝＝＝＝＝＝＝＝＝＝＝＝＝＝＝＝

これが彼女のステータス……。

なるほど、確かにSランクパーティの冒険者としてはお世辞にも高いとは言えない。

世間一般では、Sランクともなると各ステータスが４桁《けた》なのが普通。

全て3桁を超えないのでは、せいぜいAランクが限界だろう。

まあ逆を言えば、Aランク冒険者の実力は有しているという証左でもある。

それだけでも彼女が無能ではないと思えるのだが……

「見ろよ、どれも3桁超えないんだぜ？　他のメンバーは全員4桁だってのにさぁ。ちなみに、パーティリーダーである俺様のステータスはこんなに──」

サルヴィオは嘲笑《ちょうしょう》しながら、比較のために自らの〈ステータス・スカウター〉を操作してステータスを表示する。

対して、もう聞くにも見るにも堪えないとため息を吐いた俺は、ヴィリーネに手を差し伸べる。

「もう消していいよ、ヴィリーネちゃん。さ、手を出して」

「え？　は、はい……」

ステータス表示を消したヴィリーネの手を取ると、俺は彼女の手首から〈ステータス・スカウター〉を外し、ポイッと投げ捨てた。

「はえっ⁉」

「これでキミは、もう数値に縛られることもない。俺がヴィリーネちゃんの本当の価値を教えよう。一緒に来てくれるかい？」

「え、あ、あの……はい……！　こ、心の整理がつかないですけど、ご一緒させて頂きます！」

ヴィリーネは一瞬戸惑いを見せたが、すぐに力強く首を縦に振ってくれた。

そんな光景を見たサルヴィオたちは開いた口が塞《ふさ》がらないといった顔で、

「んなっ……お前、頭イカレてんのか!?　〈ステータス・スカウター〉を捨てるなんざ……！」

「俺の頭はイカレてないし、アンタらみたいに目が曇ってもいない。仲間を数値でしか判断できないなんて、それでもSランク冒険者か？　それにサルヴィオさん、アンタはそもそもパーティリーダーに向いてないよ」

「――――ッ！　てンめぇっ……！」

激昂《げきこう》した様子で、顔を真っ赤に染め上げるサルヴィオ。

……これ以上言うと、刃傷沙汰《にんじようざた》になりそうだな。

スカウトは上手《うま》くいったんだ、ここいらで撤収しておくか。

「さ、行こうかヴィリーネちゃん」

「は、はい！」

俺は彼女の背中を押し、冒険者ギルドから出て行こうとする。

……ああ、でも最後に1つだけ確認しておくか。

俺はサルヴィオたちの方へ振り向くと、

「なあ、アンタらはヴィリーネちゃんをトラップ避《よ》けにしてたらしいが……これまで一度でも、この子をダンジョンに連れていかない時があったか？」

「ああ⁉　そんなの何度……も……――――」

サルヴィオの怒鳴り声が淀《よど》む。

記憶を辿《たど》った結果――そういうことだったのだろう。

言葉を続けられなかったサルヴィオを尻目《しりめ》に、俺とヴィリーネは冒険者ギルドを後にした。

そして外に出た直後、冒険者ギルドの中からサルヴィオの悔しそうな大声と、暴れて家具などを壊す音が響いたのだった。

◇　◇　◇

「あ、あの、ありがとうございます……私なんかを拾って頂いて……」

ヴィリーネはまだ落ち着かない様子で、俺の後ろを歩きながらお礼を言ってくる。

俺たちは冒険者ギルドを出た後、街の中を歩いていた。

時刻はまだ昼間で、人通りも多い。

幸いにもサルヴィオたちが意趣返しに追ってくることはないみたいだ。

流石に、白昼堂々街中で人を襲ったりなんてすれば冒険者ギルドから永久追放されることくらい、彼にもわかっているらしい。

「気にしないで。ヴィリーネちゃんのお陰で、俺も踏ん切りがついたんだから。それにキミが有能なのは本当だし」

「は、はぁ……ところで、あなた様のお名前を伺ってもよろしいでしょうか？」

ヴィリーネちゃんがこちらの名前を聞いてくる。

そういえば自己紹介もまだだったな。

「おっと、自己紹介が遅れたね。俺の名前はアイゼン・テスラー。これから雇い主になるワケだけど、よろしく頼むよ。キミの本名は……ヴィリーネ・アプリリアちゃんでよかったかな？」

「はい！　ヴィリーネと申します！　こ、これからよろしくお願いしみゃす！」

微妙に嚙《か》んだ。語尾の方で。可愛らしいなぁ。

おっちょこちょいな部分もあるが、性格は真面目で素直。

少なくとも人間性に問題があるようには見受けられない。

強いて言えば、謙遜《けんそん》が過ぎるというか自分に自信が持てていないくらいだろう。

いい子じゃないか、彼女となら上手くやっていけそうだ。

「アハハ、よろしくねヴィリーネちゃん」

「ど、どうぞ私のことはヴィリーネと呼び捨てにしてください！　ちゃん付けなんて恐れ多い……！」

「いや、でも——」

「ヴィリーネでお願いします！」

……そんなに、ちゃん付けで呼ばれるの嫌かな？

まあ、そこまで本人が言うなら……

「わかった、ヴィリーネ、これでいいかい？」

「はい！　なんなりとお申し付けください！」

ぱあっと明るい笑顔を俺に向けてくるヴィリーネ。

まるで子犬みたいだ。

「——ところでアイゼン様のギルドは、一体どういったギルドなのですか？　先程は新興のギルドと仰《おつしや》っていましたが……」

ギクリ。

さっそくとばかりに、突っ込んだ質問をされる俺。

いやまあ、正直に答えるしかないよなぁ……。

「あ、ああ、それなんだけど……実は新興のギルドっていうのは出まかせで、まだ組織としては存在してないんだ。団員もまだキミが1人目で……」

「……え？」

なんならギルド化の申請もこれからだしねぇ、と俺が苦笑すると、彼女の表情が固まる。

そして直後にはウルウルと目尻《めじり》に涙を浮かべ始め、

「も……もしかして、私は騙《だま》されたのでしょうか……？　新興ギルドと偽ってスカウトする、新手の詐欺のような……！」

「ち、違うから！　ちゃんとギルドとして起《た》ち上げるから安心して！　ただキミはタイミングが良かったっていうかなんていうか……！」

俺は一旦《いったん》呼吸を整え、順に説明する。

「……俺は、追放者を集めてギルドを創ろうと思ってるんだ。本当は無能なんかじゃないのに、理不尽な理由でパーティから見捨てられた冒険者は世の中に数多《かずおお》くいる。ステータスが絶対だなんていう世の中に、彼らの価値を理解してほしいんだよ」

「追放者のギルド……追放者の価値、ですか……？」

「俺の目はね、他人の〝隠しスキル〟が見えるんだ。だからステータスが低い冒険者には、数値じゃ評価できない能力があることもよく知ってる。ヴィリーネみたいにね」

「ふぇ？　わ、私ですか？」

驚いた感じで、彼女は目を丸くする。

やはり、自分のスキルに気付いてなかったようだ。

「そうだ、ヴィリーネには【超第六感】っていう特別なスキルがある。ダンジョンでモンスターの出現位置やトラップの配置を予知できるんだ。身に覚えはないかい？」

「そ、そんなこと言われても……私はただ、パーティの皆の前を歩いていただけで……」

「ふむ、聞き方を変えよう。ヴィリーネはこれまで、モンスターの不意打ちに遭ったことやトラップに引っ掛かったことはあるか？」

「……ない、です……」

「たぶんなんだけど、キミはダンジョンを進む時〝なんとなく嫌だな〟と感じた方には進まず、無意識に避けてきたはずなんだ。他にも――キミは、実はモンスターの弱点が見えるんじゃないかな？」

「！　ど、どうしてそれを……！」

お、こっちは自覚があったか。

しかし、それならそれで疑問も浮かぶ。

「ホラやっぱり。でもどうして隠してたのさ、それを彼らに言えばもっと活躍できただろうに」

「いえ……リーダーたちは私に発言権なんかないって、初めから聞いてもくれなくて……」

なるほど、傲慢《ごうまん》な彼ららしい。

ステータスの低い奴の言葉なんか信じない、そもそもステータスの低い奴に人権などない。

そう思っているくせに、本当は無能とバカにしている者に助けられている。

道化ここに極まれり、だな。

「そうか……でも、もう隠さなくていいし、遠慮する必要もない。今まで我慢してた分、これからは思う存分能力を生かしてくれ。絶対に、俺がキミの真価を解き放ってみせる。だから――一緒に来てくれるか？」

「は……は……はいっ!!! 私は、アイゼン様に付いていきますっ!!!」

両手の拳《こぶし》をきゅっと握り、大きく頷《うなず》いてくれるヴィリーネ。

同時に何故か頬を紅潮させて、うっとりとした目でこちらを見てくるが……まあ、ギルド創設に立ち会う気になっただけでもよかったと思おう。

――さて、まだギルドの名前も具体的な方針も決まっていないが、だからといってなにもしないでいては明日の飯にも困ってしまう。

それに、せっかく有能な追放冒険者が仲間になってくれたのだ。

彼女に自信もつけさせてあげたい。

案ずるより産むが易し――まずは行動することから始めるか。

……と、その前に――

「それじゃあ、まずは武具店に行こうか。キミの装備は、ちょっと新調した方がいいな」

ヴィリーネの格好を見て俺は言う。

彼女が身に着けている防具も武器もボロボロ――とまではいかないがくたびれており、長い間使われ続けてきたことが見て取れる。

武器防具を一新するのにも、それなりにお金は必要だからな。

パーティで冷遇されていたこともあって、装備を替える余裕もなかったのだろう。

この格好で冒険を続けさせるのは忍びない。

「で、でも私、新しい装備を買うお金なんて……」

「それなら大丈夫、入団祝いってことで俺が出すよ。多少なら持ち合わせもあるし」

……まあ、逆を言えば多少しかないんだけど。

装備を丸々一式交換すれば、ほとんど一文無しになってしまうな。

手痛い出費にはなるだろうが、これは初期投資だと思おう。

装備が新しくなれば、彼女の心の持ち様も変わるはずだ。

これからヴィリーネにはたくさん活躍してもらわないといけないんだからな。

それに出費なんて依頼を果たして回収すればいいだけだ。

仕事の依頼に関しては――一応当てもあるし。

俺は申し訳なさそうにするヴィリーネを連れて、良さそうな物を扱っていそうな武具店へと入る。

そのままカウンターへ向かうと、まだ見習いと思われる若い青年が出迎えてくれた。

「いらっしゃい。なにをお探しですか？」

「ああ、この子の装備を新調したくてね。武器から防具まで、新しくて上等な物がほしい。……できれば、値段はほどほどで」

「かしこまりました。ふむふむ……お姉さんの職業《ジョブ》は剣士で、得物は細剣《レイピア》で合ってます？」

「は、はい！　重い武器は、あんまり得意じゃなくて……」

「それだったら、軽くてオススメの一振りがありますよ！　防具も女性用の新作が入荷したばかりなんで、丁度よかった。さあ、どうぞ試着室へ！」

「あ、あの、でも私……ふえぇ……」

見習いに試着室まで連行されるヴィリーネ。

見繕ってもらえるのは助かるが、あんまり高額なのは困るなぁ……

かといって低品質なのとか、実用的だけど無駄にゴツいのとかだと彼女らしくなくなってしまう気も……

むーん、と俺が考えていると——

「ア、アイゼン様……着てみたのですが、ど、どうでしょうか……」

試着室からヴィリーネが出てくる。

そして俺は——彼女の姿に一瞬目を奪われた。

まるでドレスと見紛《みまが》うような、真っ白でフワリとした装い。

上質な糸を使っていると一目でわかるその服装はさながらお姫様のようだが、肩に付いた肩当て《ショルダーアーマー》と腰の細剣《レイピア》が冒険者であることを雄弁に物語る。

「うわあ……！　凄《すご》く似合ってるよ、ヴィリーネ！　それに綺麗《きれい》だ！」

「き、きききき綺麗⁉　私がですかぁ⁉　そ、そそそんな……ぷしゅぅ……」

頭から煙を吹き出し、顔を赤くして機能停止するヴィリーネ。

褒められることに慣れてないのだろう、お茶目だなぁ。

「どうですか旦那《だんな》？　服はコットン生地をベースに、リーネルっていうかなり丈夫な素材を組み合わせてあります。鋼鉄製の鎧《よろい》に比べたら劣りますが、軽さ・防御力・耐久性ならそこらの革装備よりも上ですよ。それに細剣《レイピア》も軽量なわりに柔軟性もあって、チェインメイルくらいなら簡単に貫通できます」

「そりゃ上等だ。ただ、冒険者としては少し可憐《かれん》すぎるというか……今はこういうのが流行《はや》ってるのか？」

「ええ、個性的なのが人気ですね。昨今は冒険者最盛期なんて言われますから、デザインも気にされる方が多いんですよ。男性であればスタイリッシュなのとか重装備なのとか、女性であれば可愛らしいのとか露出が多いのとか」

そ、そうなのか……大事なのは実用的であることだと思うんだが……

とはいえ冒険者だって命を懸ける仕事をしているのだ、せめて体裁だけでも華やかにしたいと思うことに罪はあるまい。

俺にとっても可愛らしいヴィリーネが見られるのは眼福だし、ダンジョン攻略に弊害がでないのであれば問題ないか。

俺は装備の料金を払うと、ヴィリーネと一緒に武具店を後にする。

思った通り懐はすっからかんになってしまったが、悪い買い物をしたとは思わない。

むしろここでケチって安物を掴《つか》まされるよりは、よほどいい。

それにヴィリーネにもよく似合ってるしな。

俺は気持ちを切り替えると、

「さてと……装備も新しくなったところで、さっそく行こうかヴィリーネ」

「？　行くって、どこへです？」

「決まってるだろ？　ギルドの初仕事を貰《もら》いに行くんだよ」

◇　◇　◇

「クソッ！　クソッ！　クソがぁッ！」

サルヴィオは激しい苛立《いらだ》ちを隠そうともせず、道端の石ころを蹴《け》り飛ばしながら歩く。

「許さねぇぞ、あの男……！　このSランク冒険者のサルヴィオ様をコケにしやがって……！　いつか必ず後悔させてやる……！」

「ちょっとサルヴィオ、少しは落ち着きなさいよ。ここはもうダンジョンなのよ？　集中なさいな」

「うるせぇ！　んなこたぁわかってんだよ！」

Sランクパーティである『銀狼団』はアイゼンにヴィリーネを引き抜かれた後、地下迷宮ダンジョンに潜りに来ていた。

そして今回は、『銀狼団』がSランクパーティになって初めてのダンジョン攻略《アタック》。

トップランクパーティしか入れない最高難易度の迷宮へと足を踏み入れたのだが、既に雲行きは怪しくなり始めている。

アイゼンとの一件もあり、パーティリーダーであるサルヴィオは完全に冷静さを欠いていた。

元々攻めると決めていたからダンジョンに来ているものの、事前ミーティングなどはなく、まるで自分の鬱憤《うつぷん》を晴らしてやるといった感じでズカズカと進んでいる。

当然、周囲への警戒や味方の鼓舞などは皆無だ。

そんなパーティリーダーに、流石のメンバーたちも不安の色を隠せない。

「ね、ねぇリーダー、やっぱり日を改めようよ。僕たち最高難易度ダンジョンは初めてなんだし、もっと詳細な計画を練った方が……」

「なんだよ、臆病風《おくびようかぜ》にでも吹かれたか？　それとも無能を1匹引き抜かれたくらいでビビってんのか⁉　やる気がねぇならてめえだけ帰れ！」

聞く耳を持たず、喚《わめ》き散らすサルヴィオ。

メンバーたちは呆《あき》れて頭を抱えた。

サルヴィオは確かに優れた冒険者であるし、これまで難しいダンジョンや手強《てごわ》いモンスターたちとの戦いも潜り抜けてきた。

度胸も経験も兼ね備えているのは間違いない。

しかしどうにも気が短く、一度キレると後先を考えなくなるきらいがある。

さらに異様にプライドが高いため、自分がコケにされたと思い込むと我を忘れて怒り狂う。

正直なところ、メンバーたちは彼の腕を強く信頼はしても性格に関しては辟易《へきえき》していた。

これまではヴィリーネがサルヴィオのストレス発散の相手になっていたが、そんな彼女はもういない。

あまつさえこれまで無能とバカにしていた〝ビリのヴィリーネ〟が有能だからとスカウトされ、パーティを牽引《けんいん》してきたサルヴィオは無能と断じられたのだから、その怒りはどれほどのものか。

ヴィリーネがいなくなったことでサルヴィオの怒りを受け止める者がいなくなり、結果的に誰も彼を止められなくなったのは、まさに皮肉であろう。

サルヴィオは大きく舌打ちすると、

「フン、それに今回からは優秀なステータスの斥候《スカウト》が加入したんだ。ビリのヴィリーネがいた頃なんかより、よっぽど戦力は上がってるんだぜ？　楽勝も楽勝だろうが。おい、期待してるぞ新人！」

「ああ、任せてくれ」

『銀狼団』にはヴィリーネの代わりに、非常にステータスの高い斥候《スカウト》が加入していた。

Sランクパーティに入れるほどなのだから実力・経験も十分であり、その点ではメンバーの誰も心配などはしていなかったのだが……

――しばらくダンジョンの中を進んでいると、道が2つに分かれた岐路が現れる。

一見すると、どちらも異常は見受けられない一直線通路だが、

「おい新人、正解の道はどっちだ？」

「ふむ……左を行こう。僅かにだがモンスターの足跡がある。そっちが通り道になってる証拠だ。トラップも少ないはずだが、十分に注意して進もう」

「左だな。じゃあとっとと行くぞ」

サルヴィオは我先にと左の道を進んでいく。

そう――いつものように。

「お、おい待て！　斥候《スカウト》より先に進むなんて、なに考えて――！」

「ああ？　左が大丈夫つったのはお前だろう――」

その時、サルヴィオが踏んだ石畳の1つがガコッと沈む。

直後――壁の隙間から放たれた弓矢が、サルヴィオの左肩へと突き刺さった。

「がぁ――ッ!?」

「リ、リーダー！」

激痛にのたうち回るサルヴィオ。

だが防御力の高い彼にとって、これは致命傷にはならない。

「クソ、早く矢を抜いて止血――を!?」

「て、てんめえ、どういうことだ！　左にはトラップがないんじゃねぇのか！」

激昂《げきこう》するサルヴィオは新人斥候《スカウト》の胸ぐらを掴み、問い詰める。

しかし、そんな彼を見た新人斥候《スカウト》は困惑の表情を見せた。

「俺はトラップがないなんて言ってない！　どんなルートにも危険が潜んでいると考えて、仲間に注意喚起するのが斥候《スカウト》の仕事だ！　このパーティの前斥候《スカウト》は、今までなにを教えてきたんだ!?」

「なに、って――！」

そう言われて、サルヴィオはハッとする。

実はこれまで、『銀狼団』は正規の斥候《スカウト》を雇ったことがない。

何故なら、ずっとヴィリーネがその役割を果たしていたからだ。

もし彼女がトラップにでも掛かって命を落としたら、その時に腕の立つ斥候《スカウト》を雇えばいいとサルヴィオは楽観的に考えていた。

そして彼女はずっとパーティの先頭に立ってきたが、その間にトラップに引っ掛かったことは一度もない。

だからトラップなど恐るるに足らず、気にするほどのモノではない。

ただ先頭を務める者に付いていけばいいのだ——彼は無意識の内にそう思っていた。

「それより気を付けろ！　トラップがあったってことは——！」

新人斥候《スカウト》は慌てて周囲を警戒する。

だが次の瞬間、

『ワオオオオオオンッ！』

まるで誰かがトラップに掛かるのを待っていたとばかりに、犬の雄叫《おたけ》びが木霊《こだま》する。

そして道の隙間や曲がり角の向こうから、怒涛《どとう》の勢いで赤い毛並みのモンスターたちが襲い来る。

「クソっ、レッド・コボルトの強襲だ！　皆、陣形を整えろ！」

新人斥候《スカウト》はパーティに指示を送るが、その言葉にすぐさま動ける者はいなかった。

「じ、陣形……!?　強襲された時の陣形なんて、私知らな──きゃあ！」

『銀狼団』は為《な》す術《すべ》もなく乱戦状態に陥り、ロクな連係も取れなくなってしまう。

彼らは強襲を仕掛けることや対ボスクラス用の陣形には覚えがあっても、奇襲や強襲を受けた時の対処方法を知らなかった。

──当然である。

だって『銀狼団』は、これまで一度もモンスターの強襲を受けたことなどないのだから。

それもこれも、全ては自分たちが追い出したヴィリーネのお陰だったとも知らずに。

新人斥候《スカウト》は、既に顔面蒼白《そうはく》である。

「対強襲陣形もとれないなんて、お前ら本当にSランクなのか!?　チクショウ、こんな雑魚《ざこ》パーティになんて入るんじゃなかった！」

「あ……あ……うあ……」

サルヴィオは完全に怖気《おじけ》づき、目の前で仲間たちが襲われているにもかかわらず腰を抜かしてしまう。

そして彼の脳内では、アイゼンが最後に言った言葉が繰り返し再生されていた。

『これまで一度でも、この子《ヴィリーネ》をダンジョンに連れていかない時があったか？』

もしや——もしかして——自分は取り返しのつかないミスをしてしまったのか——

しかし、後悔先に立たず。

もう何もかも遅いのだ。

「チ……チ……チクショウ……チクショオオオオオオオオオッ！」

◇　◇　◇

「お仕事……ですか？　でも、どうやって……」

初仕事を貰《もら》いに行くと聞いて、ヴィリーネは首を傾げた。

当然の反応だ、まだギルドの名前も決まっていない有り様で、仕事が貰えると思う方が変である。

それにどんな仕事を引き受けるのかだって、完全な未知数ではあるが——

「ああ、ちょっとした伝手《つて》があるのさ。……本当はあんまり頼りたくないんだけど……」

とはいえ現状では、コレが一番確実だろうしなぁ。

色々と言われるだろうが、ギルドの長としてその洗礼は粛々と受けよう……

さっそく、と俺はヴィリーネを連れて歩き出す。

幸いにも目的地は同じ街にある冒険者ギルドで、距離も遠くない。

冒険者最盛期の今は街の至る所に冒険者ギルドが建っており、それぞれが冒険者の獲得にしのぎを削っている。

俺たちが向かうのは、そんな乱立する冒険者ギルドの1つ――お、見えてきた見えてきた。

視線の先にある建物には〝冒険者ギルド『アバロン』〟という看板が下げられており、それなりに人の出入りがある。

建物もそれなりに大きく、冒険者ギルドとしては比較的規模の大きな場所であることが見て取れる。

「ここは……冒険者ギルドですよね？」

「知り合いがいるんだ。まあ、学友ってヤツかな」

少し息を整えて、俺は入り口の扉を開く。

すると――背後からバサバサッ！となにかが飛んできて、俺の顔の横を通り過ぎた。

「キュイー！」

「うわっ！　なんだ⁉」

驚く俺だったが、すぐに理解する。

どうやら扉を開くと同時に、大型の鳥が建物の中へ入っていったようだ。

……それに、さっきの鳴き声には聞き覚えがある。

育成学校時代に何度も聞いた〝鷹《たか》〟の声だ。

「――コラ、ハリアー！　お客さんを驚かせないでって、いつも言ってるでしょ！」

受付のすぐ傍の止まり木に着地した鷹に対し、ぷんすかと怒る女性の姿。

この可愛気のない声も、俺はよく知っている。

「ごめんね、驚かせちゃって。受付はこちらで――って、アイゼンじゃない！　久しぶりね！」

元気よく出迎えてくれたのは、短い赤毛の女性。

彼女は受付をやっており、このギルドの制服と帽子に身を包んでいる。

「しばらくぶりだなカガリナ。それにハリアーも。へえ、制服新しいデザインになったのか。よく似合ってるよ」

「う、うっさい！　アンタに褒められても、べ、別に嬉《うれ》しくなんかないわよ！」

赤毛の受付は不機嫌そうにそっぽを向く。

まったくお転婆娘め、素直に喜んでおけばいいものを。

「キュイ」

「だから喜んでないってば！　ああもう、猛禽類《もうきんるい》が人様をからかうんじゃないわよ！」

「キュイー！」

「コイツ、言ったわね！　上等よ、焼き鳥にしてやるわ！」

学生時代と同じように、相棒との漫才を見せてくれるカガリナ。

ああ、どうやら彼女たちも変わっていないみたいだな。安心した。

なんて思う俺とは対照的に、ヴィリーネは頭上に？を3つほど浮かべた様子。

「あの……受付さんは、鷹さんの気持ちがわかるんですか……？」

「え？　えっと、正確には言葉がわかるって言えばいいのかしら。よく驚かれるんだけど、アタシは動物と会話ができるのよ。だから鷹《ハリアー》に限らず、動物なら大抵は意思疎通ができるの」

「それがカガリナの〝隠しスキル〟、【動物会話】だからな。彼女は所謂《いわゆる》獣使い《テイマー》なんだ。今はその能力をギルド運営のために役立ててる。――ここだけの話、最初に俺の【鑑定眼】と〝隠しスキル〟のことを信じてくれたのは彼女なのさ」

――そう、忘れもしない。

育成学校時代、誰も真に受けなかった俺の話を信じてくれた、たった1人の友人。

それがカガリナなのだ。

彼女がいてくれなかったら、俺はもしかしたら孤独に挫《くじ》けていたかもしれない。

ヴィリーネはやや俯《うつむ》き気味に、

「ということは……お2人は、学生時代からのお知り合いなのですね……」

「そういうことになるな。カガリナは俺とギルドマスター育成学校時代の同期なんだよ。

……って、なんでちょっと残念そうにしてるんだ？」

「ふぇ⁉　ち、違います違います！　決して羨《うらや》ましいだなんて思ってないですぅ！」

慌てて否定するヴィリーネ。

なるほど、彼女も女の子だもんな。動物と会話してみたいなんてファンシーな願望を抱いたこともあるのだろう。

「それじゃ、改めて紹介するよ。カガリナ・カグラと、その相棒のハリアーだ。カガリナは、この冒険者ギルド『アバロン』のギルドマスターをやってる親父さんの一人娘でもある。仲良くしてやってくれ」

「ギルドマスターの……！　は、初めましてカガリナさん！　私は冒険者をやっているヴィリーネ・アプリリアといいます！　よ、よろしくお願いします！」

バッと頭を下げるヴィリーネ。

ギルドマスターの娘と聞いて、恐縮してしまった感じだ。

「よろしくね、ヴィリーネちゃん。ああ、どうか畏《かしこ》まらないで。アタシそういうの苦手だからさ。できるだけ、冒険者とは近い距離で接していきたいの。ギルドマスターの娘だからとか、気にしないでほしいな」

「は、はい！　ありがとうございます！」

どうやらカガリナも可愛らしいヴィリーネを気に入ったらしく、明るい笑顔を見せてくれる。

竹を割ったようにさっぱりとした性格の彼女のことだ、ヴィリーネとも親しくしてくれるだろう。

「それで、アンタはなんだってウチの店に顔を出したのよ。オマケにかわい子ちゃんまで連れちゃってさ。遂《つい》にギルドへ就職して、彼女もできました～って報告にでも来たの？」

何故か嫌味混じりに聞いてくるカガリナ。

コイツは昔っから女絡みで俺を弄《いじ》ってくるのだ。

俺にとってかけがえのない友人ではあるのだが、こういう部分だけはなんとかしてほしい。

「いやぁ、それなんだが……冒険者ギルドへの就職は諦《あきら》めたよ。代わりに、自分でギルドを起《た》ち上げることにしたんだ」

「は…………はぁ〜〜〜〜〜っ⁉」

カガリナは酷《ひど》く驚いた顔をした後、フラフラと頭を抱えた。

「いや……うん……学生の時からずっと言ってたもんね……いつか追放者のためのギルドを創るんだって……。でもまさかこんなに早くとは……とことんブレない奴……。それで、まさかそのヴィリーネちゃんが――」

「ああ、貴重な〝隠しスキル〟を持つ追放者にして、栄えあるギルドの団員、その1人目だ」

カガリナはヴィリーネの両手をそっと握ると、

「大丈夫？　ヴィリーネちゃん、アイゼンに弱みとか握られてない？　もし変なコトされたらすぐに言うのよ？　速攻で冒険者ギルド連盟に報告して豚箱に叩《たた》き込んであげるから」

「キュイー！」

「い、いえ！　そんな……！」

「……弱みなんて握ってないから。誤解を招く発言はやめてくれ」

……ヴィリーネを困らせないでほしいなぁ。

これでも一応、パーティから追放されて嘆いてるところをスカウトしただけだし、ギルド長としてホワイトな組織作りを目指すつもりなんだけど……

カガリナは改めて受付カウンターに回り込むと、

「それで、晴れてギルドマスターを始めたアンタが、なんだってウチに顔出しに来たのよ。どうせアンタのことだから、単なる挨拶《あいさつ》ってだけじゃないんでしょ？」

「流石はカガリナ、話が早くて助かるよ。正直新興ギルドを起ち上げたとは言っても、まだ冒険者ギルド連盟に申請すら出せてない状態でさ。申請費用もギルド運営資金も０から稼がなきゃならない。だから恥を忍んで言うと、なにか仕事が欲しいんだけど――」

「ないわよ、ウチには。そもそも育成学校卒業生と冒険者の２人組じゃ、任せられる仕事なんて普通はないってば」

「かもな、じゃあ――〝普通じゃない依頼〟ならどうだ？」

　俺が聞き返すと、カガリナはギクッと肩を震わせる。

「あるんだろ？　冒険者たちが誰も引き受けてくれなかった、割に合わない〝内処理〟となった依頼が」

「ああハイハイ、どうせ同じ育成学校を卒業したアンタに隠し事はできないわね。……確かにあるけどさ、〝内処理の依頼〟なら」

「？　〝内処理の依頼〟って、なんですか？」

　不思議そうにヴィリーネが聞いてくる。

まあこの言葉はギルド側の隠語みたいなものだから、冒険者である彼女が知らないのも無理はない。

「今言ったように、誰も引き受けてくれず埋もれてしまう不人気な依頼のことさ。冒険者なら誰だってリスクと報酬を天秤《てんびん》にかけて、割のいい依頼を受けたがる。逆に割に合わない危険で面倒な依頼は誰も受けない。これはごく自然だよね」

「は、はい……」

「――でも考えてごらん？　冒険者ギルドに依頼が出されてるってことは、依頼主がいるワケだ。なのに誰も依頼を引き受けてくれなかったら……どうなる？」

「それは……依頼主さんが困っちゃいます」

そういうこと、と俺は答える。

「依頼主がいるのに誰も依頼を受けてくれない――これじゃ依頼主も困るし、冒険者ギルドの信用にも関わってくる。だからギルド側は、こういう依頼を内々に処理してしまうのさ。それでカガリナ、『アバロン』ではどうしてるんだい？」

「ウチではギルドお抱えの冒険者に任せたり、お得意様の高ランクパーティに報酬を上乗せして頼んだりしてるわ」

まあぶっちゃけ、緊急性の高い依頼以外は依頼主に断りを入れることも多いけど、とカガリナは付け加える。

とはいえ一度はギルドで引き受けてしまった依頼だ、「やっぱり無理です」なんて依頼主に返せば当然トラブルになる。

彼女だって、本音を言えば全部処理してしまいたいだろう。

俺たちとカガリナの利害は一致するはずだ。

「それでも処理し切れない依頼はあるはずだ。で、どんなのが残ってる？」

「……」

「カガリナ、俺たちなら大丈夫だから」

「っ、ああもう！　わかったわよ！　死んでも知らないからね！」

降参、とばかりに彼女はカウンターの下から複数の依頼書を出し、こちらに突き付ける。

俺はそれを受け取ると、内容にざっと目を通す。

そして――

「よし、コレを受ける。手続きを頼むよ」

依頼書を返すと、その中の１枚をトントンと指差した。

◇　◇　◇

『アバロン』で無事依頼を受けた俺とヴィリーネは、さっそく地下迷宮ダンジョンへと足を踏み入れていた――のだが……

「あ、あわわわ……ガタガタガタ……」

……さっきからずっと、ヴィリーネがこんな調子で震えている。

まるで毒蛇に睨《にら》まれた小動物みたいだ。

「ヴィ、ヴィリーネ、絶対に大丈夫だから、もう少し落ち着いて……」

「き、今日が私の命日なんですぅ～……最高難易度の迷宮なんて、どう考えても無理ですよぉ～……」

そうかなぁ、俺は絶対に大丈夫だと思ったから依頼を受けたんだけど。

とはいえ、気の小さい彼女が恐怖するのも仕方ないかもしれない。

何故なら、依頼の内容というのが〝最高難易度の地下迷宮、その深部に落ちているペンダントを拾ってくる〟というモノだからだ。

つまりどういうことかと言うと、常識的に考えれば俺たちみたいな2人組が達成可能な依頼じゃないってことである。

詳細はわからないが、地下迷宮ダンジョンにペンダントを落としたのは元冒険者のお偉いさんらしく、ダンジョン攻略の最中に怪我を負って引退した人物らしい。

最後のダンジョン攻略で落としたペンダントがどうしても忘れられず、『アバロン』に大金を掛けて依頼したという経緯なのだという。

相手が相手なだけにカガリナも断り辛《づら》かったらしいが、だからといって俺たち2人がこの依頼を受けるのには最後まで反対した。

「どう考えても自殺行為じゃない！　バカなの!?　死ぬの!?」と散々怒られたが、それでもこれが一番達成できる可能性の高い依頼だったのだが……

それに、俺には確信があるのだ。

ヴィリーネの【超第六感】を生かすには、これ以上最適な依頼もない。

これは彼女にとって、自分の殻を破れるかどうかの重要なターニングポイントとなるだろう。

俺は怯《おび》えるヴィリーネの肩をポンと叩き、

「ヴィリーネ、この依頼はキミの能力があれば必ず達成できるよ。俺が保証する。だから、キミはキミを信じてくれればいい」

「私が……私を……？」

「そうだ。なーに、ヤバくなったら逃げればいいのさ。どうせ〝内処理の依頼〟なんだし、できなくても誰も怒らないよ」

ハハハ、と俺は笑って言う。

そんな俺を見て少しだけ平常心を取り戻したのか、ヴィリーネはきゅっと固く口を結んで腰の剣を抜き取る。

「は……はい！　アイゼン様のためにも……私、やってみます！」

「うん、その意気だ。それじゃあ――頼むよ、ヴィリーネ」

さっそくの試練、とばかりに目の前に岐路が現れる。

一直線の通路が左右に分かれており、一見する限りではどちらにも異常は見受けられない。

だがこういう分岐点にこそ、危険な罠《わな》が潜んでいるものなのだ。

しばし左右の道を睨んだヴィリーネは――

「……行きましょう、アイゼン様。この道は――たぶん、右が正解です」

意を決し、右の道へと歩み出す。

そして一歩一歩、臆《おく》しながらもダンジョンを進んでいく。

それからしばらくは、彼女の後に追従していったのだが――【鑑定眼】が見抜いた通り、ヴィリーネの能力は凄《すご》いモノだった。

――掛からない。

――出会わない。

地下迷宮ダンジョンに潜ってもう何時間か経過するのに、ただの一度もトラップに引っ掛からず、モンスターの強襲も受けなかった。

これは本当に凄い――というより異常である。

ダンジョンは難易度が上がれば上がるほどトラップも増え、モンスターとのエンカウント率も上がっていく。

最高難易度ダンジョンともなれば、トラップはともかくモンスターと遭遇しないなどあり得ないと言ってもいい。

……にもかかわらず、ヴィリーネが進むと不思議とモンスターと出会わないのだ。

途中、何度か「嫌な感じがします」と立ち止まって時間経過を待ったりしたことも、確実に【超第六感】が働いている証拠だ。

俺自身、今でも「こんなことできるのか……」と思ったりしてしまうが、同時にヴィリーネを仲間にできて本当によかったとも思う。

彼女は自分の進む道が本当に正しいのか未《いま》だに不安を抱えてはいるようだが、俺の存在もあってか勇ましく歩を進めていく。

モンスターと遭遇しないからか、迷宮内は静かなもんだ。

本当にここが最高難易度ダンジョンなのか疑ってしまうくらいである。

「ふぅ……流石に少し休憩しようか。ヴィリーネも気を張ってて疲れたはずだ」

「い、いいえ！　私はまだ……！」

「無理は厳禁だよ。休むんだ、これはギルドマスター命令」

俺がそう言うと、「は、はい」とヴィリーネは足を止めて地面に座り、壁にもたれかかる。

俺も彼女の隣に腰掛け、ポーチの中から水筒を取り出す。

「はい、水。喉渇《のど》いたでしょ」

「！　こ、これはアイゼン様の分のお水です！　頂けません！」

「いやぁ、俺はヴィリーネに付いていってるだけで疲労もないから、喉渇かないんだよ。だからって捨てるのももったいないしさ」

こうでも言わないと、生真面目な彼女は飲む気になってくれないだろうしな。

なんて思いながらハハハと笑う。

ヴィリーネはおずおずと水筒を受け取り、「ありがとうございます……」と一口飲む。

「……アイゼン様は本当にお優しいです。『銀狼団』では、こんなに優しくしてくれる方は1人もいませんでした」

「それは……辛《つら》かったろうに。仲間を仲間とすら思えない奴らがSランクパーティとは、聞いて呆《あき》れるな……」

「仕方ありませんよ、私のステータスが低いのは事実ですから。それでもパーティに置いてほしいとワガママを言っていたのは……私の方ですし」

——悲しそうな笑顔。

無理をして笑うような、引きつった口元。

「……なあヴィリーネ、どうしてキミはあのパーティに固執していたんだ？　幾らステータスが低いと言ったたって、キミを仲間にしてくれるパーティは他にもあっただろうに」

そうなのだ、俺にはずっと不思議だった。

確かにSランクパーティともなると、彼女くらいのステータスでは足りないと言い出す輩《やから》はいるだろう。

だがそれは、あくまでSランクに限って言えばの話。

Aランクを基準に考えれば、ヴィリーネのステータスは決して低くない。

幾ら追放の汚名を背負ったとはいえ、元Sランクパーティの冒険者を引き入れたいと思うパーティはたくさんあるはずだ。

そこで一からやり直し、汚名を雪《そそ》ぐという選択肢もあったのではないか。

いつまでも、無能だ役立たずだと罵《ののし》られる必要性はなかったのではないか。

俺個人としては、そう考えてしまうのだが……

なんて思って尋ねると、

「……自分を、変えたかったからです」

小さな声で、彼女は答えてくれた。

「私は、昔から怖がりで臆病《おくびょう》な性格でした。なにをするにも自信が持てなくて、失敗ばかりして……そんな自分が、本当の本当に大嫌いでした。それが原因で色んな人に迷惑をかけて、虐《いじ》められたりもしました。どうして私はこんな性格なんだろうって、子供の頃は部屋の隅で泣いてばかりで……」

「……」

意外──とは、正直思わない。

実際に彼女は怖がりだし、あまり自分を強く出せるタイプではない。

引っ込み思案で「失敗したらどうしよう」という不安感が先に来る性格だ。

──不安は緊張を生み、緊張はミスを誘発する。

それが何度も続けばトラウマとなって、どんな行動の前にも恐怖が付きまとうようになってしまう。

そんな悪循環が、これまでずっと続いてきたのだろう。

ヴィリーネが今日《きょう》に至るまでどんな人生を歩んできたのか……想像に難くない。

「私は、そんな自分を変えたかったんです。このままじゃダメだって思ったんです。だから、世の中の誰もが凄いと称えるSランク冒険者になれれば、こんな自分でも変わることができる――きっと自分を好きになれる――そしてきっと、どこかの誰かには認めてもらえると……そう信じて……」

そう信じて、我慢と努力を続けてきた――ということか。

「〝自分を変えるためにSランク冒険者になる〟……それが、怖がりなキミが冒険者を続ける理由なんだね。だからこそ、Sランクに最も近かったあのパーティにこだわっていたのか」

「はい……でも結局、私は最後までダメな私のままでした。むしろ『銀狼団』のランクが上がっていくほど、足手まといになっていって……。本当にごめんなさい、がっかりさせちゃいましたよね。ギルド最初の団員が、こんな臆病者で……」

自らの膝《ひざ》をきゅっと抱え、小さく縮こまるヴィリーネ。

きっと、今この瞬間にも彼女は思っているのだろう。

こんなことを言ってしまう自分が大嫌いだ――と。

だが――俺に言わせれば逆だ。

これは、思っていた以上に元パーティの罪が重い。

「冒険者を形作るのは環境、か――」

「え？」

「ヴィリーネがどうして自分に自信を持てないのか、よくわかったよ。環境が悪かったんだ。どんな優秀な冒険者でも、研鑽《けんさん》の機会を奪われて実力が認められない場所にいればダメになってしまう。その典型的な例だな」

「で、でもっ、私が弱かったのは本当で……！」

「確かにヴィリーネはステータスが高くないかもしれないが、冒険ってのは戦闘力が全てじゃないだろ？　それに【超第六感】はモンスターの弱点が見えるんだし、弱くても一撃必殺を決められるとかロマンがあるじゃないか」

俺は軽く笑い飛ばす。

そして少しだけ腕を掲げ、指を開いた自分の手の平を見上げる。

「それに、キミの悩みはよくわかる。俺だって俺の考えを誰かに認めてもらいたい。これまで俺のことをバカにした奴らを見返してやるんだって、やっぱり心のどこかでそう思ってる。それは人間なら誰しもが抱える欲求だと思うんだ。こんなことを言う俺に、ヴィリーネはがっかりしたかい？」

「そ、そんな！　がっかりなんてするワケないです！」

「俺も同じ気持ちだよ。キミにがっかりなんてしていない。むしろ、話してくれてありがとう。大事な団員のことを知れて、俺は嬉《うれ》しい」

掲げた手をそのままヴィリーネの頭にポンと乗せ、俺はいつものように笑ってみせる。

「自信が持てないなら、無理して自信を持とうとしなくていい。でも約束するよ。俺は自分のギルドを、ヴィリーネが本来の力を発揮できる環境にしてみせる。だからヴィリーネも自分の能力を信じられるようになったら、堂々と胸を張ってほしいんだ」

これはただ純粋な願いだった。

やっぱり、冒険者は意気揚々として活気があってほしい。

勿論《もちろん》地の性格にもよるけど、暗い気持ちで冒険していい結果が出せるワケがない。

それに――ヴィリーネは変われるはずだ。

彼女が望んだ、彼女が思い描いた通りの自分に。

だって、彼女には凄い力があるのだから。

自分に自信を持つために、Sランク冒険者になる必要なんてない。

ギルドメンバーが最高の成果を出せるコンディション作り、その管理と調整こそギルドマスターである俺の仕事。

それができて初めて、俺はギルドマスターの面目躍如だと、そう思うんだ。

なんて考えていると——

「う……うわあぁぁ～～～んっ！」

急にヴィリーネが、大声で泣き出してしまった。

え？　なんで？

今、俺なんか不味《まず》いこと言った？

「ち、ちょっと!?　いきなりどうした!?」

「ごめんなさい～～～っ！　今までこんなに優しくされたことなくてぇ～～～っ！」

大粒の涙をボタボタと落とすヴィリーネ。

その泣き方はまるで、これまで抱えていた物が零《こぼ》れ落ちていくようだ。

「私、頑張りますからぁ～～～！　一生アイゼン様に付いていきますぅ～～～！　自分に自信も持ちますぅ～～～！」

「あ、あはは……無理はしなくていいからね。ゆっくりでいいから……」

素直な性格の彼女は、すっかり感化された様子だ。

……ちゃんと正面から向き合えば、しっかり話を聞いてくれる。

自分に自信はないが、皮肉も悲観も口にしない。

もしこれからギルドメンバーが増えていっても、彼女なら誰しもと上手《うま》く付き合っていってくれるだろう。

この子を捨てたあのサルヴィオとかいうリーダーは、本当に人を見る目がない。

おそらくパーティメンバーも似たような者たちで構成されているのだろう。

ヴィリーネには言わないでおくが……おそらく、『銀狼団』は遠からず消えてなくなる。

よくて解散、下手をすれば壊滅――そんな形で。

メンバー同士の繋《つな》がりが薄いパーティが危機的状況に陥った時、それでも互いを繋ぎとめる信頼などハナからないのだから。

まあ、俺たちにはもう関わりのない奴らか……

「さて、休憩も済んだことだし、先に進むとしようか」

「ぐすっ……はい！」

ヴィリーネは俺に水筒を返し、立ち上がって埃《ほこり》を払う。

よし、もうひと頑張りだ――俺たちがそう思った瞬間だった。

「うわあああああああああああああッ!!!」

地下迷宮ダンジョンの奥から、男の悲鳴が響いた。

「なんだ……!? 悲鳴……!?」

「い、行きましょうアイゼン様！」

これは──冒険者に危険が迫っている！

瞬時にそう判断した俺たちは、考えるよりも先に走り出した。

今この2人で、なにができるかなんてわからない。

でも、放っておくことなんてできるか──！

長い通路を駆け抜けると──開けた広い空間に出る。

そこには──

「た、助けてくれえええええええええッ！」

なんと、サルヴィオの姿があった。

俺と会った時は新品同様の小綺麗《こぎれい》な鎧《よろい》をまとっていたが、それはボロボロに破壊されて泥と血に塗《まみ》れ、なんとも情けない姿になってしまっている。

剣も折れ、恐怖でカチカチと歯を鳴らし、とてもSランク冒険者の姿とは思えない。

そんなサルヴィオは巨大なロック・ゴーレムに襲われており、振り下ろされる岩の拳《こぶし》から必死に逃げ回っていた。

「リーダー!?　どうしてここに……！」

「くっ、ヴィリーネ！　彼を助けるんだ！」

正直に言えば、見捨てるという考えも頭をよぎった。

相手はパーティメンバーだったヴィリーネを虐《いじ》めて追放した、最悪の男。

そんな奴を助けるなんて、あまつさえヴィリーネに助けさせるなんて——

そう思ったが、すぐに考えを振り払う。

助けるべきだ。いや、ヴィリーネが助けなくてはならない。

そうすることが、彼女が己の殻を破る大いなる一歩になるはずだから。

しかし、

「え？　あ、でも、私……！」

「アイツが憎いのはわかってる。でも、見捨てちゃダメだ。とにかく今は、俺の言うことを信じてくれ」

「ち、ちがっ、そうじゃなくて……っ」

——見ると、彼女の両腕が強張《こわば》り、大きく震えている。

そうか、彼女はサルヴィオを助けたくないワケじゃない。

ただ、怖いんだ。あんな強大なモンスターへ立ち向かう勇気が出せないんだ。

元々ヴィリーネは臆病《おくびょう》で怖がりな性格、しかもこの場で戦えそうなのは彼女だけ。

つまりたった1人でロック・ゴーレムに立ち向かわなくてはならない。

その恐ろしさたるや、どれほどのものか。

「……ヴィリーネ、戦うのが怖いかい？」

「こ、怖くなんて……私は……私は……！」

「落ち着いて、深く息を吸うんだ。——あのロック・ゴーレムの弱点が見えるか？」

俺はヴィリーネの震える肩に手を置き、そう尋ねる。

すると彼女は深呼吸して、ロック・ゴーレムをじっと見つめた。

「…………見えます。首の後ろ、そのほんの僅《わず》かに空いた隙間——そこが弱点です」

首の後ろ——か。

なるほど、真正面から戦ったのではとても狙える場所ではない。

あのサルヴィオがボロボロになるほどの相手だ、ヴィリーネの戦闘力では勝ち目はないだろう。

であるならば——隙を作る必要があるな。

「わかった。いいかいヴィリーネ、今からアイツはキミに背中を向ける。だからなにも考えず、弱点に一撃を叩《たた》き込め。剣を握って、1歩踏み出すだけでいい。大丈夫、キミならできるよ」

「で、でも、とても弱点を曝《さら》け出してくれるようには……！」

「いいや、曝け出すさ。だって――こうするんだからな」

不敵に笑って俺はそう言うと、ヴィリーネから離れる。

そして地面に落ちていた石を拾い、ロック・ゴーレムへ向かって思い切り投げ付けた。

「おい、こっちだゴーレム！　どうした、俺のことが見えないのか⁉」

ガツン、と石はロック・ゴーレムの頭部に命中。

すると――目論見通り、岩の巨体はゆっくりとこちらへ振り向いた。

「⁉　アイゼン様、なにを――！」

「後は任せたよ、ヴィリーネ。さあ、もう一度喰《く》らえ！」

再び石を拾い、ロック・ゴーレムに投げ付ける。

それは攻撃とはとても呼べないが、奴の気を引くには十分だった。

ズシン、ズシンと重々しい足音を奏でて、俺の方へと向かってくる。

どうやら陽動は上手くいったらしい。

俺はヴィリーネから大きく距離を取り、走り出す。

移動速度自体は俺の方が速いようで、ロック・ゴーレムの動く速度は鈍足と呼んで差し障りない。

だがその巨体と長い腕から繰り出される攻撃のリーチはバカにできず、間合いの外だと思っても岩の拳が飛んでくる。

「うわぁッ！」

振り下ろされた拳ですぐ傍の地面が砕け、衝撃で身体が吹っ飛ばされる。

あんなもの、一度でも喰らえばお終《しま》いだが――

「ハ、ハハ……そんな攻撃、当たるもんかよ！　さあ、もっと付いてこい！」

俺は挑発を繰り返し、逃げ続ける。

ヴィリーネは腰の剣に手を掛けてこそいるが、まだ恐怖に竦《すく》み上がったままだ。

冷や汗が流れる顔には、強い葛藤《かっとう》が滲《にじ》み出ている。

頑張れ――自分に負けるんじゃない――

キミならできるんだ――

自分の本当の力を――自分自身に証明してみせろ――っ！

そんな風に、心の中で彼女に激励を送った矢先――俺は足元の石に躓《つまず》いてしまう。

「うお――っ!?」

そのまま、勢いよく転倒。

すぐに体勢を立て直して、走り出そうとするが——顔を上げた俺の目に映ったのは、既に拳を高々と掲げ、今にも振り下ろそうとしているロック・ゴーレムの姿。

間に合わない。避《よ》けられない。

瞬時に、そう判断した。

だが同時に、俺はハッキリと見る。

俺を叩き潰《つぶ》そうとしているロック・ゴーレム、そのバカでかい身体が——完全にヴィリーネに対して背中を向けている光景を。

「——ヴィリーネッ！　今だッ!!!」

力の限り、目一杯叫ぶ。

彼女を信じて。

この声が、彼女の背中を押せるように。

「っ！　はあああああッ！」

刹那《せつな》、ヴィリーネは抜剣し、1歩踏み出す。

彼女はそのまま疾風のように駆け、大きく跳躍し――

「たあああああッ!!!」

ロック・ゴーレムの後ろ首、そのほんの僅かに空いた隙間へと、剣の切っ先を突き刺した。

――動きが、止まる。

静寂が、ダンジョンの中を支配する。

永遠とすら感じられる静けさに包まれた直後、ロック・ゴーレムがまるで糸の切れた操り人形のように地面へと倒れていく。

奴の弱点《コア》が、破壊されたのだ。

これが【超第六感】の〝モンスターの弱点を見極める〟能力――

あの巨大なロック・ゴーレムを、本当に一撃で――

ロック・ゴーレムが倒れた拍子に砂煙が舞い上がり、俺は一瞬視界を奪われる。

「ゴホッゴホッ！　ヴィ、ヴィリーネ！　大丈夫か!?」

「ア――――アイゼン様あああああああああっ！」

心配も束の間、煙の中からヴィリーネが飛び出してくる。

そしてそのまま、がっちりと俺に抱き着いた。

「怖かったですううぅぅ〜〜〜っ！　どうしてあんな無茶するんですかあああぁぁぁ〜〜〜っ！　ホントに死んじゃうかと思いましたよおおおぉぉぉ〜〜〜っ！」

わあわあと泣きじゃくり、顔をくしゃくしゃにするヴィリーネ。

彼女の身体はさっきよりもずっと震えており、とてつもないストレスから解放されたであろうことがわかる。

「あはは、ごめんよ。でも、キミのためにはこうするのが一番だと思ったんだ。それにホラ、キミも力を証明できたし？　結果よければ〜みたいな？」

「全っ然よくありません！　アイゼン様はこれからギルドを率いていく身なんですから、私なんかよりご自身の身体を大切にしてください！　本当に……怖かったんですから……っ」

スンスンと泣き続け、一向に涙が止まらないヴィリーネ。

彼女の言う「怖かった」とは、どうやらロック・ゴーレムと対峙《たいじ》することに対してではないようだ。

俺がロック・ゴーレムに叩き潰される結末——そのことを言っているのだろう。

本当に優しい子だ。

俺はまた彼女の頭を撫《な》で、

「……悪かった、心配させちゃったな。でも、俺はギルドマスターとして当然のことをしただけなんだ。部下を、仲間を信じるっていうごく当たり前のことを。そんな俺の信頼に、ヴィリーネも応《こた》えてくれたじゃないか」

「わ、私は、身体が勝手に動いただけで……」

「それは違う。キミは自らの意志で自分を動かしたんだ。──おめでとう、ヴィリーネ・アプリリア。キミは変われたんだ。もうキミは、キミ自身が嫌っていた臆病者のヴィリーネじゃない。世界の誰もが認めなくても、俺はキミを認めるよ。本当に、よく一歩を踏み出したね」

ニカッと笑って、彼女を褒める。

今まで誰も彼女に言ってあげなかった、けれど彼女には絶対に必要な言葉。

俺はそれを、たった今ハッキリと言って聞かせた。

「…………う…………うぅ…………うわあああああん……っ！」

もはや言葉も出せず、声を上げて泣きじゃくるヴィリーネ。

彼女は──ただ誰かに認めてほしかったんだ。

けれどその前に、自分で自分を認める必要があった。

もう十分だろう。これから彼女は、自信を持って前へと歩めるはずだ。

「キミは決して弱くなんかない。能力を上手《うま》く使えば、こんな大物を仕留めることだってできるんだ。勿論《もちろん》仲間との連係も必須《ひっす》になるけど、それは追い追い考えればいいさ」

「はい……はい！」

ようやく少しだけ落ち着きを取り戻し、大きく首を縦に振るヴィリーネ。


さて――と俺はヴィリーネを離し、身体を起こす。

一応再確認すると、俺たちは悲鳴の主を助けに来たワケなのだが――

「た、た、助かっ……！」

――どうやら無事のようだ。

完全に腰を抜かしてしまっているが。

ヴィリーネはそんなサルヴィオの下へ歩み寄ると、

「リーダー、大丈夫ですか？　どうしてこんなところに……それに他の皆は……」

「ヴィ、ヴィヴィヴィリーネ……？　み、みみ皆やられちまった……もう残ったのは俺だけで……！」

――リーダーを残して全滅、か。遅かれ早かれこうなる運命だろうとは思ったが、まさかヴィリーネを追放してすぐとは……

そもそもパーティの力が足りなかったのか、それともヴィリーネのスキルが有能すぎたのか……

サルヴィオはヴィリーネの足にしがみつき、

「た、たた助かったぞヴィリーネ！　お前は命の恩人だ！　つ、追放なんてしたのは間違いだったぜ！　今からでも戻ってきてくれるな⁉　Sランクパーティである『銀狼団』の、ナンバー2にしてやる！」

「リーダー……私はもう――」

「戻ってきてくれ！　頼む！　お前は凄《すご》い能力を持ってるんだ、そうだろ⁉　俺が存分に役立ててやる！　なにが欲しい⁉　金か⁉　それとも名誉――」

そこまで言いかけたサルヴィオは、ヴィリーネの顔を見上げて言葉を失った。

酷《ひど》く残念で、がっかりする物を見た――ヴィリーネはそんな表情をしていたのだ。

……このサルヴィオという男は、本当に救えないな。

ここまで追い詰められて、彼女の重要性を理解しても、彼女の気持ちがわからない。

何故わからないのか――？

それは仲間を仲間として、仲間を〝1人の人間〟として見ていないからだ。

ステータスなどという数値でしか仲間を判断していなかった結果が、今なのである。

「リーダー……いえ、サルヴィオさん……私はアイゼン様と共に行きます。アイゼン様は私を1人の人間として、ちゃんと見てくれます。ちゃんと話を聞いて、ちゃんと理解しようとしてくれます。なのに……あなたはステータスとか能力でしか、私を見てくれません」

「そ……そ……それは……」

「私はお金なんていりません。名誉なんていりません。アイゼン様は、私が欲しかったモノを与えてくれました。アイゼン様は――あなたとは違うんです」

ヴィリーネは静かにサルヴィオから離れる。

しがみつく彼の手を、足から離す。

俺は近寄ってきたヴィリーネの肩に手を乗せ、サルヴィオを見据える。

「……結局、アンタは最後まで仲間を理解できなかったな。数値や能力ばかりに執着してパーティを全滅させるようじゃ、パーティリーダー失格だ。二度とやらない方がいい」

「――――」

茫然自失《ぼうぜんじしつ》するサルヴィオ。

やや気の毒な気もするが――自業自得だな。

その時、他の冒険者パーティが駆け付けてくる。

どうやらダンジョン攻略をしていた別のパーティらしい。

「おい、大丈夫か！　叫び声が聞こえたが——！」

「ああ、この人がモンスターに襲われてたんだ。すまないが、彼を地上まで連れていってくれないか？　俺たち2人は深部に潜る必要があるんだ」

「そ、それは構わんが……しかし酷い怪我だな……」

冒険者パーティは手慣れた感じでサルヴィオの手当てを始める。

どうやら、この感じなら大丈夫そうだな。

「行こうヴィリーネ」

「……はい」

俺とヴィリーネはそんなサルヴィオたちを背後に、地下迷宮ダンジョンを奥へと進むのだった。

地下迷宮ダンジョンをさらに深くへと進む俺とヴィリーネ。

自分の能力に確信を持ったヴィリーネの足取りは軽く、迷うことなく奥へ奥へと進んでいく。

そうして——俺たちはようやく、深部の広場へと辿《たど》り着いた。

そこは天井に穴が開いて遥《はる》か上の地上と繋《つな》がっており、日光が差し込んでくる。

お陰でこれまでの石壁と石畳だけの殺風景な道程とは異なり、所々に草木が生い茂っている。

地下迷宮ダンジョンの中にこんな場所があったとは、驚きだ。

「ここが依頼にあった目的地か……。ヴィリーネ、周囲にモンスターの気配はあるか？」

「いえ、ありません。でも……長居はしない方がいいかも」

気配はないと言うが、彼女は周りを警戒し続ける。

どうやら広場は複数の道と繋がっているらしく、他のルートを通ってもここに着くようだ。

……なるほど、雰囲気的にもここはモンスター共の通り道ってことか。

そりゃ長居はできないな。

「しかし、この中から目的の物を捜し出すとなると……そう短時間で済むかどうか……」

「——大丈夫です。ペンダントは、あそこにあります」

「え？」と俺が聞き返すのよりも早く彼女は歩き出し、生い茂る草の中へ入っていく。

そしてガサガサと草をかき分けると——泥で汚れた錆《さび》だらけのペンダントを拾い上げた。

「それは——⁉　そのペンダントが依頼の物なのか……？」

「たぶん、そうかと。私のスキルは、こういう物の探索にも役立つみたいです」

フフッと笑うヴィリーネ。

どうやら、自分の能力を試してみたらしい。

――驚きだ、まさか【超第六感】にこんな力まであるとは。

確かに優れた直感を持つとは書いてあったが、隠しアイテムの発見にまで転用できるなんて便利過ぎるだろう。

ともかく、捜す手間が省けたのは好都合だ。

最後に念のため――

「一応、ペンダントの中を確認しておこう。どうやら開閉するらしくて、中には――」

「あ……これ……」

錆《さび》付いたペンダントを開いて中を見たヴィリーネは、少し驚いたようだった。

俺も彼女の横から、その中身を覗《のぞ》き見る。

すると、そこにあったのは――

「小さく文字が彫ってあります……。〝我ら『ダイダロス』は永遠の絆《きずな》で結ばれる〟〝ジェラーク〟〝アロイヴ〟〝アレクラス〟〝シャロレッタ〟……」

「これは……冒険者パーティが仲間の証《あかし》を彫ったんだな。依頼書によると、元冒険者の依頼主はダンジョン攻略の最中に味方を全員失ったらしい。当人も酷い怪我を負って引退。最後の冒険で落としたこのペンダントが忘れられないから、拾ってきてほしいってことだったが……」

なるほど……これは大事な物なのだろう。

仲間との絆の証——

仲間たちと一緒に冒険した証——

そして、仲間たちが確かに生きていた証——

依頼主は、よほどパーティメンバー想いだったに違いない。

だから多額の報酬を用意してまで、このペンダントを捜してきてほしかったのだ。

この——大事な仲間との思い出を。

「……世の中の冒険者はいい奴ばかりじゃない。サルヴィオみたいに仲間を大事にしない奴もいる。だけど……心の底から仲間を大事にして、最後まで覚えていてくれる人もいるんだ。まだまだ……世の中捨てたもんじゃないな」

「ええ……そうですね、本当に……」

ヴィリーネは、ペンダントを大事にポーチにしまう。

そして無事依頼品を回収した俺たちは、そそくさと地下迷宮ダンジョンから脱出したのだった。

◇　◇　◇

「……信じらんない、本当に依頼品を持って帰ってくるなんて……」

「キュイー⁉」

冒険者ギルド『アバロン』まで戻った俺を見て、カガリナとハリアーは天変地異でも目撃したような顔で出迎えてくれた。

特にハリアーは「嘘だろ⁉　絶対無理だとバカにしてたのに！」とでも言いたげな顔だ。

いや、鳥の表情なんて本当はよくわからんけど。

鳴き声的になんとなくそう言ってる気がする。

「だから言ったろ、大丈夫だって。学友の言うことは信じるもんだ」

「ち、調子に乗んじゃないわよ！　こっちはどれだけ心配したと思って――っ！」

「心配してくれてたのか、優しいなカガリナは」

「――っ！　死ね！　死ね！　この唐変木！」

紙の束を丸めた物でポカポカと殴ってくるカガリナ。

いやはや、俺はいい友人を持ったものだ。

「キュイ！　キュイ！」

「ハリアーも笑ってんじゃないわよ！　羽むしるわよ⁉　ああもう、それより依頼の物を確認するからね！」

もう付き合ってられるか！　とばかりに、手袋をはめてペンダントの確認を始めるカガリナ。

「……どうだ？　本当にこのペンダントで合ってそうか？」

「──うん、間違いないみたい。依頼書に書かれた情報とも細部が一致する。確かに受領したわ。……はぁ、本当にこんな無茶はこれっきりにしてよね。冒険者でもないアンタの死亡届を出すのなんてゴメンよ。はい、報酬。これだけあれば、ヴィリーネちゃんと分けてもしばらく楽できるでしょ」

「ああ、ありがとう。……でも楽する気はないよ。むしろこれからギルド活動を本格化させていくつもりだ。俺の取り分は、その資金にする」

俺は報酬の入った袋を受け取ると、鞄《かばん》にしまい込む。

「俺のギルドの名前、決めたよ。その名も──『追放者ギルド』。追放者を集めて、彼らが存分に本領を発揮できる環境を作る。追放者による追放者のための組合を作るんだ。どうだ、いいだろ？」

「いいだろ、って……『追放者ギルド』ってそれ、そもそもギルド名なの？　はいはい、いいと思うわ。もう好きにしなさいよ」

「そうするよ。それじゃあな、カガリナ。ハリアーも、また顔を出すよ」

「キュイー！」

そう言い残して、俺は扉を開けて外へ向かう。

そして1歩外へ出ると、

「お疲れ様です、アイゼン様！　ど、どうでしたか……？」

そこには、やや不安そうな表情で報告を待つヴィリーネの姿があった。

「ああ、あのペンダントで合ってたよ。報酬もたんまりだ」

報酬で受け取った袋の入った鞄をパンパンと叩《たた》く俺。

とはいえ、この大量の金貨はヴィリーネの手柄だ。

分け前は、まあ――

「それじゃ、宿を取ったらさっそく分けようか。分け前は8：2でどうだろう。ヴィリーネが8割、俺が2割だ」

「!?　は、8：2……!?　お、おかしいですよ！　私が8割なんて……そんなに頂けません！」

「いや、これでも少ないくらいだ。実際、俺はただヴィリーネの後にくっ付いていただけだしな。ダンジョンを踏破したのも、ロック・ゴーレムを倒したのも、ペンダントを見つけたのも、結果的に全部キミの手柄だろう。もし断るなら、分け前を9：1に変えて9割を力ずくで渡すぞ」

「ふえぇ!? ど、どんな脅しですかそれ！」

こうでも言わなきゃ、控え目な彼女は報酬を受け取ってくれないだろう。

だが、それはダメだ。

彼女も冒険者なら、その実力と成果に見合った報酬を受け取るべきなのだ。

あまり金銭に執着しない性格なのかもしれないが、俺はそういう部分はできるだけしっかりしていきたい。

ヴィリーネはしばし悩んだが、

「……わかりました、その報酬はありがたく頂きます。ですが——それをどう使うかは、持ち主の自由ですよね？」

「え？　そりゃまあ……そうだが……」

「でしたら、私の報酬は全て〝アイゼン様が築くギルドの創設費〟に使います。断りなんて聞きません」

「は――はぁ!?　そんなのダメに決まって――」

「もし断るなら全額アイゼン様の口座に振り込んで、アイゼン様を〝女の子に多額の金貨を貢がせたギルドマスター〟にしちゃいます」

――怖い。

そんなこととされたら冒険者ギルド連盟から干されるどころか、一般の人々からも白い目で見られてしまう。

いやはや、一本取られてしまった。

「ハ、ハハ……ヴィリーネ、キミって実は、結構したたかなところあるよね……」

「勿論《もちろん》です！　私はアイゼン様に認めてもらった、初めての追放者なんですから！　これからもずっと、あなた様のお役に立ってみせますね♪」

第2章　ギルド創設へ向けて

冒険者ギルド連盟――

それは、数多《かずおお》く存在する冒険者ギルドや冒険者を統括する組合のことである。

冒険者を名乗るならば必ず冒険者ギルドに所属する決まりであり、冒険者ギルドを創るならば必ず冒険者ギルド連盟に加盟する決まりとなっている。

これは冒険者全体の利益を守り、冒険者同士の無益な争いを防ぎ、そして冒険者ギルドを循環させ発展させるための決定事項なのだ。

冒険者に関わるギルドの設立においては、申請は冒険者ギルド連盟を通さなくてはならない。

もしアイゼンが『追放者ギルド』を創ろうとするならば、冒険者ギルド連盟にその名を連ねることになるだろう。

――そんな冒険者ギルド連盟は半期に1度、4名の重鎮が集まって集会を開くことになっている。

界隈《かいわい》で最も影響力のある3つの大手冒険者ギルドの代表と、冒険者ギルドの全てを取り仕切るたった1人の総代。

冒険者ギルド『アバロン』のギルドマスター〝ライドウ・カグラ〟

冒険者ギルド『ヘカトンケイル』のギルドマスター〝ヴォルク・レオポルド〟

冒険者ギルド『アリアンロッド』のギルドマスター〝メラース・アイルーシカ〟

冒険者ギルド『総代』〝ジェラーク・ファルネーゼ〟

この4名である。

彼らは〝四大星帝《クアッド・マスターズ》〟と呼ばれ、冒険者ギルドの未来を決める権利を有する。

まさにギルドマスターの中のギルドマスターなのだ。

「それで……またこの4人がガン首揃えて集まったワケだが、なにか話すことなんてあんのか？　俺は忙しいんだけどよ」

獅子《しし》のたてがみのように生え揃った金色の髪と髭《ひげ》を持つ巨漢ヴォルクが、つまらなそうに言った。

「話があるから集まってんだ。それに、こういう名目でもなけりゃオレたちが集まることなんて永遠にないだろう」

退屈そうなヴォルクに答えるのは、目元が隠れるほど深めにバンダナを巻いたいぶし銀な男ライドウ。

ヴォルクもライドウも40を過ぎた中年男性だが、両者とも歳を感じさせないほど肉体は筋肉質でガッチリとしている。

そして大手冒険者ギルドを率いるボスとしての風格と貫禄《かんろく》、覇気をまとっている。

「そうねぇ、皆自分のギルドのお仕事で手一杯だもの。でも、アタシは2人に会えて嬉《うれ》しいわぁ」

この場にいる面子《メンツ》の中で1人だけ異様に若々しい――というより幼い風貌《ふうぼう》の女性、メラ―スがクスクスと笑う。

子供のような見た目と妖《あや》しい雰囲気を併せ持つ彼女は、ヴォルクやライドウと比較にもならないほど華奢《きゃしゃ》だが、ただ者ではない佇《たたず》まいなのは同様だ。

「チッ、女豹《めひょう》が……俺はてめえに一番会いたくなかったってんだよ」

「あら残念。それなら今度は個人的に会いに行ってあげようかしら？」

「2人とも、無駄話はそれくらいにしておけ。――それじゃ総代、集会を始めるとしよう」

ライドウが、上座に座る老齢の男性に対して言う。

そして冒険者ギルドの総代、長い白髪のジェラークがゆっくりと顔を上げた。

「うむ……皆ギルドの経営で忙しい中、大儀である。この顔ぶれで集まるのも、此度《こたび》で10

回目となるか」

「御託はいいんだよ、ジジイ。さっさと始めろや」

「……お主は相変わらずだな、ヴォルク。まあよい、半期の損益報告など聞くまでもあるまいからな。――今日意見を交わすべき議題は、主に2つある。まず1つ、既に皆知っていると思うが、洞窟《どうくつ》ダンジョンに住み着いたアクア・ヒュドラについてだ」

ジェラークはやや前のめりになって話し始める。

その話題を聞いた3人は〝やっぱりな〟と内心で思い、各々が耳を傾ける。

「確か、低難易度の洞窟ダンジョンをヤバいモンスターが根城にしちゃったって話だったかしら？　DランクやCランクの冒険者パーティが次々襲われて、大変だったらしいじゃない」

「うむ、アクア・ヒュドラといえばSランクパーティでも手を焼く凶悪なモンスターだ。何故そんな個体が低難易度ダンジョンに現れたのかはわからんが、早急に駆除する必要がある」

「で、その対策方法を検討しようってのか？　くだらねぇ、そんなの簡単じゃねぇか」

1人用のソファに腰掛けるヴォルクは足を組み直し、不敵な笑みを浮かべる。

「緊急討伐依頼の発布、報酬は金貨千枚、受理者無制限の早い者勝ち――ってな具合で各ギルドに張り出せば、あっという間に駆除されるぜ」

「だが、それでは冒険者たちに無用な被害が出るぞ。アクア・ヒュドラはAランクパーティや新規Sランクパーティが楽に狩れるような相手じゃないだろ」

「相変わらず甘いなライドウ。だからどうしたってんだよ？　Aランクだろうが Sランクだろうが、挑んでおいて負ける方が悪いんだろうが。冒険者の世界は常に弱肉強食。そんなの、冒険者なら誰でも理解してるはずだが？」

ヴォルクの言い分に「はいはーい」とメラースが手を挙げる。

「アタシも賛成。手練《てだ》れのパーティにちゃっちゃと始末してもらうのもいいけど、冒険者界隈の活性化を考えるなら丁度いいハプニングだと思うわ。もしかしたら、この一件で名を上げるパーティが出てくるかもしれないじゃない？　それって面白いし素敵！」

「それは、そうかもしれんが……。総代、ご判断を」

ライドウに判断を委《ゆだ》ねられ、ジェラークは「うむ」と頷《うなず》いた。

「ヴォルクの案を採用しよう。ギルド全体の活性化に繋《つな》げるのは悪くない考えだ。だが、受理者無制限というのは却下する。最低限、各ギルド長の承認があることが条件。異論ないな」

「へいへい、それで構わねーよ」

微妙につまらなそうに、ソファにもたれかかるヴォルク。

常に強き者を優遇し、弱者の排斥を善しとする彼からすれば、力なき者を保護するなどという考えそのものが論外であり、退屈極まりないものだった。

そして1つめの討論がまとまったところで、ジェラークは次の論題へと移る。

「では2つめの議題だが……今、冒険者の間で問題になっている〝追放ブーム〟についてだ。これも皆周知しているだろうが、〈ステータス・スカウター〉の登場で高位冒険者パーティがステータスの低い仲間を追放するのが流行している。世間では〝追放ブーム〟などと叫ばれているが……」

主にSランクパーティなどが、ステータスが低いといった理由で仲間を追放する行為。

これは冒険者ギルド連盟の中でも問題視されていた。

冒険者パーティで入団・脱退が繰り返されることによってメンバーが変わっていくのは特別珍しいことでもないし、一概に悪いことでもない。

初めから一定期間という契約の下でパーティに加入している者もいれば、他のパーティの方が実力を発揮できるからという理由で抜ける者、もっと上位のパーティで活躍したいと上を目指す者など、必ずしも排斥されて脱退するとは限らないからだ。

勿論、中にはパーティ内の不和を理由に抜ける者もいるが、絶対数は多くない。

いずれにしても、これまではギルド全体で問題になるようなことではなかったのだ。

しかし、昨今の〝追放ブーム〟は次元が違った。

冒険者ギルドを覗《のぞ》けば誰かが追放されている、などと囁《ささや》かれるように連日連夜パーティから冒険者が追放されているのである。

元々は〈ステータス・スカウター〉が出回り始めた初期の頃、ごく一部のSランクパーティがより高い成果を得るために始めた行為だった。

しかし今ではすっかり流行と化してしまい、巷《ちまた》にはステータスを理由にパーティを追われた冒険者が溢《あふ》れ返っている。

挙げ句の果てに、Sランクパーティを真似してAランクやBランクのパーティも〝追放ブーム〟に便乗し始める始末だ。

これは冒険者ギルドにとっても由々しき問題であり、まず入団・脱退を早いスパンで繰り返されたせいで管理面の不備が発生し始めており、界隈の風土や治安も悪化していた。

追放者の中にはパーティを恨んで刃傷沙汰《にんじょうざた》に及んでしまった者もいる。

一刻も早く〝追放ブーム〟を取り締まり、規制を掛けたい。

少なくとも、総代であるジェラークはそう考えていたのだが――

「ハッ、いいことじゃねえか！　Sランクパーティに強い奴が入ってくることで戦果が挙がるなら、それに越したことはねぇ。強者のみが生き残る冒険者の世界で、弱者は排斥されて然《しか》るべきだ。ステータスの低い雑魚《ざこ》に用はねぇんだよ」

嬉々《きき》としてヴォルクは言う。

そうなのだ、一部のギルドマスターたちはこの流行を善しとしている節がある。

強い冒険者や高位ランクパーティを優遇するギルドマスターにとっても、自ギルドで活躍してくれる者たちが増えてくれるのは率直に言って益のある話なのだ。

冒険者の世界が弱肉強食なのは間違いないし、確かにヴォルクの言う通り高ステータス者が加入したことで成果を挙げているSランクパーティもいる。

それは事実の一端だ。

――だが、それもあくまで一部の話。

冒険者ギルド全体で見れば、成果より混乱の方が大きい。

それに噂によれば、低ステータスの冒険者を追放して高ステータスの冒険者を加入させたパーティの多くが以前より弱体化している、という情報もジェラークは摑《つか》んでいた。

この流行が続けば冒険者たち、ひいてはギルドの運営に多大な支障をきたす。

そしてなにより――ジェラークは、多少ステータスが低いからなどという理由で仲間を追放する行為それ自体が許し難かった。

「ヴォルクよ……冒険者たちが栄光を求め、より強い仲間を求めることは罪ではない。だが真の成長や利得というのは、目に見える数字のみによってもたらされることはないのだ。目の前の利潤ばかりを追う者には……いずれ破滅が待っているぞ」

「おいジジイ、冒険者に必要なのは絆《きずな》とか思いやりだとでも言うつもりか？　くだらねえ、アンタもうろくしたもんだな。いい加減に引退して、俺にギルドの全権を委任したらどうだ？　そうすりゃ徹底的に弱者を追放して、これまで以上にギルドを——」

「……思い上がるなよ、若造」

——ジェラークの覇気がこもった一言で、場の空気が一転する。

これまで得意気になって話していたヴォルクも言葉を失い、他の2人も背筋が凍り付いて冷や汗を流す。

「冒険者ギルドの総代は、未《いま》だこのワシをおいて他になし。勝手な真似も不用意な発言も許さん。貴様らは所詮《しょせん》ワシの下役に過ぎぬのだ。それを努々《ゆめゆめ》忘れぬ方がよいと……忠告はしておくぞ？」

ジェラークから放たれる威圧感はヴォルクの比ではなく、ヴォルクが獅子だとすればジェラークは強大たる古龍《こりゅう》を連想させるほど恐ろしい。

こんな総代を見たのは、〝四大星帝《クアッド・マスターズ》〟の3人も実に久しぶりだった。

「……なんだよ、老いぼれたかと思えばそんな面《ツラ》もできるんじゃねぇか。そうでなくちゃ面白くねぇ」

不敵に笑うヴォルク。

彼にとってジェラークの存在は老害以外のなにものでもなかったが、同時に強者としての存在感を失わない彼はある種尊敬の対象でもあった。

そんな老いた総代が自分に睨《にら》みを利かせるのは、悪くない感覚だったのである。

ヴォルクはソファから立ち上がり、ジェラークたちに背中を向けて歩き出す。

「ち、ちょっとヴォルク！　どこ行くのよ！」

「話が終わったから帰んだよ。安心しろ、余計なことはしねぇ。……総代、アンタがその覇気を失わない間は、な」

呼び止めようとするメラースを振り切り、ヴォルクはどこか楽しそうに部屋から出て行ってしまった。

「はぁ……ほんっと子供《ガキ》なんだから。言っておくけどおじ様、アタシも〝追放ブーム〟は良く思ってないからね。アタシ好みの面白い子が、出てきてくれなくなっちゃうもの」

「それを聞いて安心した。だがお主ももう古株なのだから、若造のおイタには目を光らせておいてくれると助かるのだが」

「あら、オールドレディは紳士的に扱ってほしいものだわ。でも、いい男のお願いは断れないものね。ご希望に応《こた》えてあげるから、今度ディナーでも奢《おご》って頂戴《ちょうだい》な。それじゃ2人とも、バイ♪」

そう言ってメラースが指を鳴らすと、彼女の姿が蜃気楼《しんきろう》に包まれたかのように消えてしまった。

こうして、部屋の中にはジェラークとライドウだけが残される。

ライドウはバンダナを巻いた頭をポリポリと掻《か》き、

「やれやれ、〝望蜀《ぼうしょく》の獅子王《ししおう》〟も〝仙姿《せんし》の魔女〟も相変わらずだな……。しかしアンタもやり過ぎだぞ、内紛でも起こったらどうする気だ」

「その時は、若造の威勢がどこまで持つか試してやるだけのことよ。もっともヴォルクがワシに挑むには、20年は早いと思うがな」

ハッハッハと笑うジェラークと、そんな老獪《ろうかい》ぶりに対して「オイオイ、勘弁してくれ……」と頭を抱えるライドウ。

2人はこんなやり取りを何度も繰り返している旧知の仲で、〝四大星帝《クアッド・マスターズ》〟という立場を抜きにしても腹を割って話せる間柄だった。

「――まぁいい。ヴォルクの野郎には、遅かれ早かれお灸《きゅう》を据える必要もあったろうしな。

それより、こうして2人になれたのはラッキーだ。アンタにはいい報《しら》せがあるぜ」

「……！　もしや、見つかったのか⁉　あの依頼を受けてくれた者がいたと⁉」

「そういうこった。ほら、餞別《せんべつ》に磨いといてやったよ」

ライドウはポケットから鎖の付いた物体を取り出し、ジェラークへと向かって投げる。

ジェラークはそれをキャッチすると——

「お……おおお……！　まさか、本当にまた巡り合えるとは思わなんだ……！」

目に涙を滲《にじ》ませ、歓喜に震えた。

彼が受け取ったのは——ボロボロになった金色のペンダントだった。

そう、アイゼンとヴィリーネが依頼で見つけた、あのペンダントである。

ジェラークがペンダントを開くと、そこにはやはり文字が書かれていた。

「〝我ら『ダイダロス』は永遠の絆で結ばれる〟……〝ジェラーク〟〝アロイヴ〟〝アレクラス〟〝シャロレッタ〟……。よくぞ戻った、我が盟友たちよ……！」

「アンタが冒険者を引退して、もう40年以上だっけか……。当時の仲間たちとの絆の証《あかし》——そんなに大事な物なら、もっと早く専門の探索チームを見繕ったのに」

「いや、これは所詮ワシ個人の思い出だからな……。冒険者ギルドの権力を振りかざすような真似はしたくなかった。今回の依頼で誰も受けてくれねば、大人しく諦《あきら》めようと思っていたのだ」

ペンダントを大事そうに握り締めるジェラーク。

アイゼンが思った通り、これは彼にとって極めて大事な物だったのだ。

かつて共に死地を潜り抜けた、友と呼べるパーティメンバーたち――その記憶が眠っているのだから。

しばし感慨にふけったジェラークは、ふと思い出したようにライドウを見上げると、

「そうだ！　このペンダントを見つけてきてくれた者たちは、なんという!?　お主のギルドのパーティなのか!?」

「ああ、それなんだけどよ……依頼を受けたのはウチの娘の学友でな？　中々気骨のある面白い奴で、今は新興のギルドを創るんだって躍起になってるんだが……興味あるか？」

◇　◇　◇

地下迷宮ダンジョンで依頼のペンダントを見つけ出し、多額の報酬を入手してから、さらに数日後――

「よし、これだけ蓄えがあればしばらく大丈夫だろう」

宿の一室で、俺はテーブルの上に並べた金貨を数えながら1人で呟《つぶや》いた。

地下迷宮ダンジョンでペンダントを見つけた一件からしばらく、俺たちはカガリナから幾つかの〝内処理の依頼〟を回してもらい、報酬を得ていた。

ペンダントの依頼の報酬額が、ギルド創設&運営の基盤金になったのは間違いない。

それでも、ギルドを創設して団員を増やしていくことを考えると、もう少し余裕が欲しかったのだ。

だから幾つか依頼を受けていたのだが――自らの〝隠しスキル〟に自信を得たヴィリーネの力は凄《すご》いモノだった。

難易度が高く面倒なアイテム探しでも半日と掛からず終わらせ、Aランク程度のモンスター討伐でも弱点を的確に突いて一撃必殺で倒してしまう。

もう下手なSランク冒険者よりも手際よく依頼を達成してしまう感じだった。

……途中から「あれ？　俺、一緒にダンジョンに来る必要あったのかな？」などと思ってしまったけど。

というより、実際本当になにもできなかったというか……ヴィリーネが1人で済ませてくれたというか……

ぶっちゃけ、ダンジョンでの俺は完全にいらん子だったよ、うん。

でもまあ、喜ぶ彼女の笑顔が見られただけでも良しとしよう。

そんなこんなで――遂《つい》に、ギルドの運営費が貯まった。

となれば、あとは冒険者ギルド連盟に申請を出すだけだ。

そう――『追放者ギルド』創設の申請を！

なんて思っていると、コンコンと部屋の扉がノックされる。

「おはようございます、アイゼン様。入ってもよろしいでしょうか？」

扉の外から聞こえてきたのは、ヴィリーネの声だった。

これでも俺は早起きして金貨数えをしていたのだが、彼女も早起きだな。

「ああ、どうぞ。もう起きてるよ」

「失礼します。アイゼン様、今日の予定は――あっ、もうお仕事されていたんですね！

こんなに早起きされて、尊敬《むく》します！」

朝から屈託のない無垢な笑顔を見せてくれるヴィリーネ。

金貨を数えるだけの作業を仕事と言ってくれるとは、本当に俺はいい部下を持ったなぁ。

「キミだって十分早起きだろうに。それと、今日の予定だけど……冒険者ギルド連盟の本
部に行こうと思う」

「！　ということは、いよいよ――！」

「うん、『追放者ギルド』の申請を出すよ。ヴィリーネのお陰で資本金も十分だからね」

俺の言葉を聞いたヴィリーネは「やったあ！」と両手を掲げ、ガッツポーズする。

「遂に、アイゼン様のギルドが起《た》ち上がるんですね！　感激です！　アイゼン様なら多くの追放者を救ってくれると、私信じてます！」

「お、大袈裟《おおげさ》だなぁ……。まだ申請を出すだけで、ギルドの活動を軌道に乗せるのとは別だからね……？」

「はい、わかってます！　私、精一杯頑張りますから！」

喜びを体現するかのように、ピョンピョンと跳ね回るヴィリーネ。

本当にわかってるのかな？

けど、こうやって我が身のことのように喜んでくれるのは、俺も嬉《うれ》しい。

俺もギルドマスターとして頑張らないとって気持ちにさせてくれる。

「それじゃあ、準備をしたら出るとしようか。今日は本部のある『ビウム』まで行くよ」

◇　◇　◇

〝冒険者の街ビウム〟――そんな風に呼ばれる、大きな街がある。
その呼び名の通り街には大勢の冒険者がおり、ここで名を売ることは多くの冒険者が夢見るともされる。

『ビウム』は冒険者にとっての憧《あこが》れの街なのだ。

では、なぜ『ビウム』が冒険者の街なのか？

理由は簡単、この街には冒険者ギルド連盟の本部が存在するからである。

冒険者ギルド連盟の支部は世界中に存在するが、本部は『ビウム』にしかない。

そして本部は、あらゆる冒険者ギルドの中で最も多くの冒険者が所属している。

大手冒険者ギルドともなれば数千数百の冒険者を抱えるが、それを押さえて本部がトップなのだから、街が冒険者で溢《あふ》れるのも頷《うなず》けるというものだ。

――で、新しい冒険者ギルドを創ろうと思ったなら、そのギルドマスターはこの本部を訪れてしまうのが一番手っ取り早い。

別に厳格な審査とかテストとかがあるワケではなく、申請書を出して連盟への入会金を支払えばそれで終わりだ。

後は月ごとに登録料を納金するくらいで、難しいことは1つもない。

……もっとも、冒険者ギルドをちゃんと維持できるかは全くの別問題だけど。

一応地方にある支部からも申請自体は可能なのだが、申請書を出して、本部に届いて、本部が入会金を確認して、本部が支部にその旨を連絡して、それから支部の人間がギルドマスターと面談して、さらにそれから――

……などという大変に面倒な手順を踏むため、支部で登録するのは本部で登録するよりも何倍も時間がかかるのだ。

幸いにも『デイトナ』と『ビウム』はそれほど離れていないため、馬車を使えば半日で行けてしまう。

俺個人としても、『ビウム』の街をぜひ一度ヴィリーネに見せてあげたいと思うし。

そんなワケで『デイトナ』を出発して半日ほど馬車に揺られ、俺とヴィリーネは無事『ビウム』に到着した。

「わぁ……ここが〝冒険者の街ビウム〟ですか……すっごくたくさん冒険者がいます……」

数え切れないほど大勢の冒険者が大通りを歩く光景を見て、ヴィリーネがぽっかりと口を開ける。

冒険者最盛期の今ではどこの街でも冒険者は多く見かけるが、確かにこの数は尋常ではない。

ぱっと見ただけでも数千人単位で冒険者が歩いている。

これが街全体でと考えたら、どれほどの人数がいるのか想像もできない。

「それじゃあ、さっそく本部まで行くとしようか。申請が無事終わったら、その後は少し街を見て回ろう」

「本当ですか！　わーい！　楽しみです！」

生き生きとはしゃぐヴィリーネ。

うんうん、わかるぞその気持ち。

俺も生まれて初めて『ビウム』に来た時は、それはテンションが上がったもんだ。

「さて……冒険者ギルド連盟の本部は——街の中央にあるんだっけ」

ヴィリーネを連れ、冒険者ギルド連盟の本部へ向かう俺。

これまで『ビウム』に来たことは何度かあるのだが、実は本部まで足を延ばすのは初めてだった。

場所自体は知っているから、道に迷うことはないのだが。

しばらく人込みをかき分けて歩く俺たち。

すると——俺はふと、あることに気が付く。

「……あれ？」

「？　どうされました、アイゼン様？」

「いや、この張り紙さっきも見たなーと思ってね……」

壁に張られた1枚の紙、そこには〝お尋ね者《WANTED》〟の文字と共に描かれた男の似顔絵。

まあこれほど大きな街ともなると、指名手配犯の1人や2人いてもなんらおかしくないのだが——辺りを見回すと、そこら中に同じ張り紙を見つけることができる。

「おい聞いたかよ……ウーゴの盗賊ギルドが、また商人の屋敷を襲ったらしいぜ」

「『グランド・ゼフト』が……？　おお、怖い怖い。本部は早くアイツらをなんとかしてくれないかね……」

聞き耳を立てると、冒険者たちが張り紙についてヒソヒソと世間話をしている。

どうやら、このお尋ね者は相当な危険人物らしい。

都会も都会で治安維持が大変ってことだな。

どうか、俺が『ビウム』にいる間に出くわしませんように……くわばらくわばら……

なんて祈りながら、再び歩き始める。

そして——大通りを抜けた先に見えてくる、巨大な建物。

誰が見ても冒険者ギルド連盟の本部だとわかるその建物には、現在進行形で大勢の冒険者が出入りしている。

建物のデカさといい冒険者の数といい、まさに圧巻だ。

カガリナの『アバロン』も冒険者ギルドとしては建物も大きい方だし抱える冒険者数も多いのだが、規模が違い過ぎる。

「ふぇ〜……おっきぃ〜……ここが、冒険者ギルド連盟の本部なんですね。なんだか気圧《けお》されちゃいます……」

ヴィリーネが口をパックリと開けて茫然《ぼうぜん》とする。

それはそうだろう、俺も初めて建物の実物を見るけど、やっぱり驚かされてしまう。

地方のちょっと大きい冒険者ギルドなんかとは、あらゆる意味で比較にならない。

俺たちは本部正面入り口へと続く長い階段の前で立ち止まり、

「それじゃあ、ヴィリーネはここで待っていてくれ。手早く申請を出してくるからさ」

「かしこまりました。いよいよ、『追放者ギルド』が名実共にギルドになるのですね……もうワクワクしちゃいます！」

喜びを抑えきれない、とばかりにピョンピョンと跳ねるヴィリーネ。

そんな彼女を残し、俺は長く急な階段を上っていく。

――だが途中くらいまで上った頃、

「……ヤバい、今更になって緊張してきた。俺、本当にギルドを創るんだな……。ここまで勢いで来たけど、いざ創設を目の前にすると意外と足が竦《すく》むかも」

唐突に脈が速くなる感覚を覚える。

とはいえ、どうせ申請して終わりなんだからビビる必要なんかない。

これからギルドを創ってギルドマスターになろうって奴がこんなところで怖気《おじけ》づいてちゃ、下で待ってるヴィリーネに笑われてしまう。しっかりせねば……！

俺は建物の入り口へと繋《つな》がる階段を、ドスドスと音を立てて上っていく。

そして入り口を潜ると、やはり建物の中もだだっ広い受付広場になっており、煌《きら》びやかな装飾が全体に施されている。

オマケに清掃まで行き届いているらしく、ピカピカのキラキラだ。

少しだけ自らの場違い感を覚えつつも、俺は受付へと向かう。

受付カウンターもどうやら総合受付と依頼受付で分かれているらしく、俺はとりあえず総合受付へと向かった。

「あの、すみません。ギルド創設の申請をしたいんですが……」

「ん？　ああ、いらっしゃい。ギルドの起ち上げですね。しばしお待ちを」

受付にいたのはチョビ髭《ひげ》を生やした小太りな中年男性で、慣れた様子で申請の準備をしていく。

その感じからして、1日に何件も俺みたいな新参者の相手をしているベテラン職員であることが見て取れる。

しかし冒険者ギルドの受付には女性が立つことが多いので、こういう人が立っているのは珍しいなぁ……などと思っている内に、俺の前に1枚の紙が差し出された。

「では、こちらにご記入をお願いします。ギルド名とギルドマスターのサイン、それから本拠地とする街の名前ですね」

紙にはわかりやすく記入欄があり、どうやらこれに書き込むだけでOKらしい。

知ってはいたが、本当にこれだけなんだな……

冒険者ギルドが爆発的に増えたのも頷ける。

俺はペンを持ってサラサラと書き込むと、紙を逆に向けて差し出す。

「これでお願いします」

「承りました。それでは入会金を――――ん？　ちょっと待ってくれ」

受付の中年男性は紙に目を通すと、なにかに引っ掛かりを覚えたらしく紙を突き返してくる。

「おいおい、なんだこのギルド名は。間違ってるんじゃないのか？」

「？　いや、間違ってませんけど……」

「『追放者ギルド』だって？　ふざけるのも大概にしてくれよ。いったいなんだってこんな名前にするんだ」

さっきとは打って変わって、やけに高圧的に話してくる中年男性。

仕事でストレスでも溜《た》まってるんだろうか？

そういえば微妙に前髪が後退を始めてる気がするが、本部勤めも楽じゃないんだろうな。

なんてことは口に出さず、俺は誇らしげに胸を張って答える。

「そりゃあ勿論《もちろん》、冒険者パーティから追放された者たちを集めるギルドだからですよ！　ステータスが低いからって追放された冒険者の多くは、特殊な能力を持ってるんです。俺は彼らが役立たずなんかじゃないって証明したい。実際、俺がスカウトしたヴィリーネって子は凄《すご》いんですよ！」

自慢じゃないが、初めてスカウトしたにしてはヴィリーネは実に優秀な団員だと思う。

【超第六感】が強力なのもあるけど、性格も素直で向上心もあるし、根性も十分だ。

彼女は凄い冒険者になると思うよ。

あの子を仲間にできたのは、我ながら鼻が高い。

うんうん、と内心で頷《うなず》く俺とは対照的に――中年男性は「はぁ～……」と深いため息を吐く。

「……もういい、入会金はいらんからさっさと帰ってくれ。相手するのもバカバカしい」

「はぁ!?　ど、どうしてだよ！　ギルド設立は、申請書を出せば誰でも通るんじゃないのか!?」

「あのなぁ、このご時世でステータスの低い追放者なんか集めて、マトモなギルド運営なんてできるワケないだろ？　申請が通るのは、ギルドマスターの人格に問題のなかった場合の話だ。どう考えても破滅するギルドを創るような頭のおかしい奴の相手なんて、こっちもしてられないんだよ」

「俺の頭はおかしくなんてない！　現実に、追放者のヴィリーネは成果を残してる！　なあ頼むよ、なんとかならないか？」

「ほほう？　そこまで言うなら――『グランド・ゼフト』をなんとかしてみろ。あの忌まわしい盗人共を全員とっ捕まえることができたら、話くらいは聞いてやるよ」

どうせ無理だろうがな、と明らかに小馬鹿にしたように言う中年男性。

……うん？　なんだかどこかで聞いた名前のような……

確かさっき、街で冒険者たちが話していた気がする。

「その『グランド・ゼフト』ってのは、どういう奴らなんだ？　俺はこの街に来たばかりで、よく知らないんだけど……」

「しつこい男だな、それくらい自分で調べろ！　これ以上付き合わせるなら警備を呼ぶぞ！　営業妨害で豚箱にぶち込まれたいのか⁉　あぁ⁉」

中年男性は付き合い切れないとばかりに、もの凄い剣幕で俺を追い払おうとする。

なんて理不尽な——俺は営業妨害なんてするつもりはないし、ただ申請を通してくれればば文句なんてないのに……

しかし、冒険者ギルド連盟の本部まで来て豚箱に入れられたのでは堪《たま》らない。

今後の活動にも明らかに支障が出るし、『追放者ギルド』の評価云々《うんぬん》どころの話ではなくなる。

ここは、大人しく引き下がるしかないのか……

「わ、わかったよ……帰ればいいんだろ……」

「帰れ帰れ、この異常者め。まったく、ただでさえ狼藉者《ろうぜき》の相手ばかりで疲れるというのに……最近の冒険者は、人様の時間をなんだと思っとるのか……ブツブツ」

ドカッと受付の椅子に座り込み、文句と罵倒《ばとう》の独り言を呟《つぶや》き始める中年男性。

もはやこっちの相手をする気など微塵《みじん》もない感じだ。

俺は仕方なく受付を離れ、入ってきた入り口から外へ出た。

「…………どうしよう、誰でも通る申請に落ちたなんて、気まずくてヴィリーネに言えないぞ……」

俺はガックリと肩を落とし、ヴィリーネへの言い訳を考える。

まさかこんな場面で追放者への迫害を受けるとは思わなかった。

ギルドの名前を理由に頭のおかしい奴呼ばわりされたなんてヴィリーネが知ったら、今の彼女なら絶対に怒るだろう。

ギルドの申請に行くと言ったら、あんなに喜んでくれたのだから。

最悪、頭に血が上って抗議しに行く可能性だってある。

そんなことをすれば、今度こそ間違いなくお縄だ。

どうしよう……ホントどうしよう……

まさか——本当に『グランド・ゼフト』を捕まえるしかないのか？

大都市で悪名を馳《は》せているらしい盗賊団を、俺とヴィリーネの２人だけで？

いや……どう考えても無理だろ……

あの中年め、そうとわかった上で無理難題を吹っ掛けてきたな……

だがこのまま諦《あきら》めて帰るなんて、俺だって腹の虫が治まらないぞ。

さて、どうしたものか……

だんだん頭が痛くなってきて、眉間《みけん》を指で押さえながら歩く俺。

だがうっかり前方を見ておらず——誰かとぶつかってしまう。

オマケに、相手を転倒させてしまった。

「痛っ！　す、すみません、大丈夫ですか!?　少し考え事をしてて……」

俺は慌てて尻餅《しりもち》をついた相手へ近寄る。

その人は——長い白髪の老齢の男性だった。

足が悪いのか杖《つえ》を持っており、なんというか不思議なオーラがある人だ。

「いや、こちらこそスマンな。ワシも避《よ》けるべきだった」

「そんな、悪いのは俺の方で……立てますか？」

俺は彼が落とした杖を拾い、次いで手を差し伸べる。

老齢の男性は俺の手を取ると、よろめきながら立ち上がった。

「お怪我はありませんか？　杖をどうぞ」

「うむ、ありがとう。お主は……冒険者、ではないようだな」

「え？　わかります？　一応ダンジョンに潜ったことはあるんですが……」

「ハッハッハ、わかるとも。まず、肩をぶつけて謝ってくる冒険者は少ないからな」

老齢の男性は軽快に笑い飛ばす。

——そういうこの人は、たぶん元冒険者だ。

痩《や》せ細ってこそいるが骨格はがっしりしてるし、笑っていても独特の凄みが溢《あふ》れ出ている。

もしかしたら、昔は高名な冒険者だったのだろうか？

「それで、お主はなにゆえこの場所に？　これから冒険者になるつもりでもあるまい」

「ああ、それは……ギルド創設の申請をしに来たんですけど、断られてしまって……あははは……」

そう答えると、老齢の男性は「ほう？」と興味深そうに顎《あご》を撫《な》でる。

「申請は手続きと入会金を払えば基本的に通るはずだが……なにかあったのか？」

「実は、俺は『追放者ギルド』っていう追放者を集めるギルドを創るつもりなんですけど、受付の人に頭がおかしいって追い返されちゃって」

苦笑混じりの俺の言葉を聞くと──突然、老齢の男性の表情が一変する。

「『追放者ギルド』──だと？　お主、名はなんという!?」

「え？　えっと、アイゼン・テスラーっていう名前ですけど……」

俺の名前を聞いた老齢の男性は、とても驚いたようだった。

そしてしばしの沈黙の後、

「そうか、お主が……これも天命なのか……」

「あ、あの……？　俺の名前が、なにか……？」

「いや、なんでもない。……ところで、受付の者に断られたのだったな？　他になにか言われたことはあるか？」

「他に、ですか？　……ええ、『グランド・ゼフト』を全員捕まえれば話くらいは聞いてやる──なんて言われましたよ」

「ほう……あのはた迷惑な盗賊ギルドを、か……ふむ……」

老齢の男性は、考えるように口元に手を当てる。

おや、この反応はもしかすると色々とご存知だったりして？

ならば、聞けるだけのことは聞いておこう。

もしかしたら今後の役に立つかもしれないし。

「すみません、俺はまだ『ビウム』に来たばかりで、その連中のことはほとんど知らないんです。もしよかったら、なにか教えて頂けませんか？」

「殊勝な心掛けだな。うむ、勿論だ。──盗賊ギルド『グランド・ゼフト』とは、この街で問題になっている窃盗集団のことだ。元々は冒険者として生計が立てられなくなったゴロツキ共の集まりで、街のチンピラと大差はなかったようなのだが……ウーゴという男が頭目をやるようになってからは、危険な組織として裏社会でのし上がったらしい」

老齢の男性は、続けて語る。

「奴らは残忍で狡猾《こうかつ》だ。金になることならなんでもする。窃盗・密売・誘拐・殺人……あらゆる悪事に手を染めていると言っていい。特にここ最近では、身代金目的の要人拉致《らち》が多くなってきている」

「お詳しいですね。それにしても、どうして本部はなにか手を打たないのでしょうか？　冒険者崩れが悪さをしているなら、それは相対的に冒険者ギルド連盟の評判も下げてしまいそうな気も……」

「無論、本部とて動いているさ。だが奴らはまるで霧のようでな、中々に難儀しているのだ。ダンジョンでモンスターを相手にするのとは、勝手が違うということよ」

「つまり、中々尻尾《しっぽ》を摑《つか》めずにいるのが現状ってことですか……。難しい問題ですね」

「ああ、されど誰かが解決せねばならん」

老齢の男性は目を瞑《つぶ》り、どこか悔しそうに俯《うつむ》く。

「……ワシの友人も、奴らの被害に遭ってな。刃《やいば》で身体を斬られ、大事な財産を多く奪われた。――とても許せるものではない。この老いぼれた身体が昔のように言うことを聞いてくれればと、幾度思ったことか……」

「そんな……ご友人が……！」

彼の言葉を聞いて、俺も胸の内に仄《ほの》かな怒りが芽生える。

目の前にいる老齢の男性は出会ったばかりの赤の他人であるが、だからといって自分には無関係の他人事《ひとごと》と済ませてしまっていいのか？

もし俺の友人や仲間が同じ目に遭ったら、俺だって絶対に許せない。

それに『グランド・ゼフト』とかいう奴らを放っておけば、さらに多くの被害が出てしまう。

——どうせこのまま不貞腐《ふてくさ》れてたって、『追放者ギルド』の申請は通らないんだ。

だったらダメ元で、やれるだけのことをやってみようじゃないか。

「……お爺《じい》さん、ご友人の無念を晴らすってまではいかないかもしれませんが、『グランド・ゼフト』は俺も追ってみます。捕まえるとかは無理でも、もしかしたら手掛かりくらいは摑めるかもしれない」

「！　本当か！」

「流石に、保証はできませんけどね。それに受付の人から、盗賊ギルドを捕まえたら話くらいは聞いてやるって言われた手前もありますし。……本当に取り合ってもらえるかは、かなり怪しいですけど」

「それは心配あるまい。本部の人間に、下衆《げす》な嘘吐きなどおらんとも。もしそんな者がいたとしたら……冒険者ギルド連盟の総代は、さぞ憤怒《ふんぬ》するであろうな？」

「総代が？　アハハ、そんなまさか。でも怒ってくれたら、俺もスカッとしますねぇ」

あり得るワケもない冗談に笑い合う俺たち２人。

冒険者ギルド連盟の総代と言えば、千万無量に存在する冒険者ギルドの数々——その頂点に君臨するたった1人の元締め。

ギルドマスターの中のギルドマスターにして、冒険者を率いる者であれば誰もが憧《あこが》れる生ける偉人。

そんな雲の上の人物が、俺みたいな若造のために怒ってくれるはずもない。

まあそこまで高望みはせずとも、一度くらいはお会いしてみたいなー、どんな人なんだろうなー、と思ったりはするけど。

老齢の男性はひとしきり笑うと、本部の建物へと向き直る。

「さて……そろそろ行かねば。アイゼンよ、よいひと時を過ごさせてもらったぞ。お主と話すのは楽しかった。それに——『グランド・ゼフト』の件、期待させてもらう」

「期待だなんて、止めてくださいよ。こっちは俺を含めて団員が2人しかいない、しがない未申請ギルドなんですから」

「いいや、お主には天運が味方している。きっと成せるはずだ。ワシの勘がそう言っておるのだよ。試されていると思って、全力で取り組んでほしい。……では、またいつか会おう、若きギルドマスターよ」

そう言い残し、老齢の男性は本部へと去っていった。

──まだ申請すらできていない俺を、あえてギルドマスターと呼んでくれたんだな。

いい人だな、あのお爺さん。

それになんか凄《すご》いオーラと威厳があったし……もしかしたら、本部の関係者なのか？

もしかすると、それなりに偉い人だったりして？

「ヤバい、そこまで考えなかったな……失礼なこと言わなかっただろうか……。っていうか、あのお爺さんの名前を聞きそびれちゃったよ」

──まあいいか、考えても仕方ない。

それに〝また会おう〟って言ってくれたし、運がよければどこかで再会できるかもしれない。

俺は頭を切り替えて、ヴィリーネが待つ階段の下へと向かう。

そして彼女の姿が見えると、パチッと目が合う。

「！　アイゼン様！　どうです、申請は上手《うま》くいきましたか⁉」

彼女は目をキラキラと輝かせ、期待に満ちた表情で俺に尋ねてきた。

きっと、俺の口から「勿論《もちろん》上手くいったよ！　これから『追放者ギルド』は正式に活動できるんだ！」って言葉が出ると信じ切ってるんだろうな……。

すっごく言い出しづらいけど……言うしかないよなぁ……

「ああ、えーっと……残念だけど、申請は却下されたよ。一旦《いったん》振り出しかな」

「え……ふえええッッッ!?!?!?」

——遥《はる》か彼方《かなた》まで響き渡るほどの、長い長い絶叫。

まるで、この世の終わりと言わんばかりだ。

「なんで!? どうしてですか!? 納得できません！」

「俺の人格に問題ありって思われたのさ。追放者を集めてギルド運営なんて、できるワケないってね。こんなところで迫害を受けるとは予想外だったな」

俺の説明を聞いたヴィリーネから、ブチッとなにかがキレる音が聞こえてくる。

あ、やばい。これは相当怒ってる。未《いま》だかつてないほど怒ってる。

「……私、抗議してきます。こんな不当な扱い方、絶対に許せません！ それにアイゼン様の人格を疑うなんて、どうかしてますっ！」

背後で憤怒の炎を燃やしながら、彼女は階段を上って行く。

「ま、待つんだヴィリーネ！ どうか落ち着いて！ キミが行ったら、余計にややこしくなるから！ ここは俺の顔に免じて、な!?」

荒ぶる彼女を必死に押さえ、なんとか制止させる俺。

「それに、まだチャンスはある。今この街を騒がせてる『グランド・ゼフト』って盗賊ギルドをなんとかすれば、もう一度話を聞くって言われたんだ」

「盗賊ギルド、ですか……？　そ、そんな危ない人たちをなんとかって言われても……」

「そこまで怖がることないよ。だいたいヴィリーネは、盗賊なんて比じゃないくらい恐ろしいモンスターをいつも相手にしてるじゃないか」

「そ、それとこれとは話が別です！」

プンプンと頬を膨らませるヴィリーネ。

相変わらず、コロコロと表情が変わって可愛らしいなぁ。

俺は言葉を続け、

「それに……さっき不思議なお爺さんと会ってね。その人は、友人が盗賊ギルドに襲われたと言っていた。……自分の身体が自由に動けばって、彼は凄く悔しそうだったよ。きっとこの街には、あのお爺さんみたいに歯痒《はがゆ》い思いをしてる人たちがたくさんいる。俺は1人のギルドマスターとして、少しでも彼らの無念を晴らしてあげたいんだ」

「アイゼン様……」

「大丈夫、ヴィリーネに怖い思いはさせない。奴らの手掛かりを掴むくらいで十分だろうし、本当にヤバそうならすぐに身を引くさ。それにギルド再申請のチャンスが人助けになるなら、気分はいいじゃないか」

俺は肩をすくめて笑う。

そんなこちらの姿を見て、ヴィリーネも少し呆《あき》れ気味に口元を綻《ほころ》ばせた。

「まったく、もう……アイゼン様はお人好《ひとよ》しなんですから」

「キミだって大概だろう。お人好し同士、やれることをやろうじゃないか」

そこまで話すと、「さて」と俺は仕切り直す。

「『ビウム』の街をよく知らないままじゃ、調査もなにもないよな。申請のことは一旦忘れて、少し街を見て回ろう。気分転換も兼ねて一緒に歩かないか？」

「！　はい、勿論です！　お供します！」

ぱあっとヴィリーネは明るい表情を取り戻し、俺と一緒に歩き出す。

――都会である『ビウム』はとてつもなく広い上に、街の中がかなり入り組んでいる。

少し歩いたくらいでは地理の把握など不可能だが、だからと言って地図を見ただけで全《ぜん》貌《ぼう》を把握するのも難しい。

結局は時間をかけて歩くのが一番、それに――

「わあ！　見てくださいアイゼン様、市場です！　色々な物が売ってますよ！」

まず俺たちは、街の市場らしき場所に辿《たど》り着いた。

そこは道の左右に大小様々な露店が並び、野菜、果物、肉、魚――食材と呼べる物はなんでも置いてある。

他にもブレッド《パン》の専門店、乳製品《チーズ》の専門店、香辛料《スパイス》の専門店、それに種々様々な軽食屋……さらに多様な生活雑貨がぎっしりと並べられ、色とりどりのカオスな空間と化している。

いやはや、目移りしてしまうな……。『デイトナ』も決して小さな街ではないのだが、それでもココと比べたら見劣りしてしまう。

「アイゼン様、あのお店を見てみましょう！　あ、その次はあっちを！　あそこのお店も気になりますぅ！」

もう楽しくて仕方ないといった様子で、ヴィリーネが走り回る。

俺はそんな彼女とはぐれないように、ある程度歩調を合わせながら付いていく。

そう――それになにより、ヴィリーネにこういう経験をさせてあげたかった。

彼女は前のパーティで虐《いじ》められ、蔑《さげす》まれてきた身だ。

きっとこんな風に羽を伸ばして、心の底から笑うこともできなかっただろう。

それに冒険者としてダンジョンに潜る以上、死と隣り合わせの恐怖も付きまとう。

けれどヴィリーネは、まだ年端もいかない乙女なのだ。

女性というより少女と言って差し障りない彼女は、まだまだ遊びたい盛りな年頃のはず。

ギルドの団員として働いている時以外は、せめて彼女の好きなようにさせてあげたい。

俺は――ヴィリーネに笑っていてほしい。

彼女の笑顔を守ることも、ギルドマスターの責任の1つだと思う。

組織の長として矛盾しているかもしれないが、それが俺の考え方だ。

それにホラ、働き詰めは心身に悪影響があるし作業効率も落ちるって、育成学校で偉い人が言ってたし？　弊ギルドはホワイトな職場作りを目指しています。

なんて思っていると、

「むぅ～……」

いつの間にか、ぷくりと頬を膨らませたヴィリーネが俺を見つめていた。

「な、なんだいヴィリーネ？」

「アイゼン様……今、私のこと子供っぽいとか思ってました？」

「そ、そんなことないよ。楽しそうでよかったと思っただけさ」

「嘘です。どうせアイゼン様のことですから、これまで苦しんできたぶん女の子らしく羽を伸ばしてほしい～とか、私を笑わせることがギルドマスターの責任だ～とか、そんな小難しいことを考えてたはずです」

あれ？　おかしいな、なんで俺の考えがことごとく読まれてるんだ？

もしかして声に出てた？　いや、あるいは俺って実は考えてることが顔に出やすかったりするのかも……

少し深刻に自分のことを心配する俺だったが、対するヴィリーネは何故かモジモジとし始める。

「わ、私だってアイゼン様には笑顔でいてほしいですし、それに私はもう子供じゃないというか……で、できれば1人のお、お、女として……ゴニョゴニョ……」

「え？　なんて？」

「い、いえ！　1人の団員として、ちゃんと見てほしいなって！　だからそのっ、アイゼン様もちゃんと気分転換しなきゃダメと言いますか……！」

彼女は顔を赤くして、両手をブンブンと振る。

――おっと、そうか。これはやってしまったな。

大事な団員のことを心配していたつもりが、逆に気を遣われてしまった。

これでは本末転倒。俺も長としてはまだまだだってことか。

「ああ……そうだな、すまない。よし、俺も一旦頭を空っぽにして、ちゃんと楽しむとするか。ありがとうヴィリーネ、やっぱり俺はいい仲間を持ったよ」

「い、いえ、そんな！　でも……仲間、ですか……むぅ……今はそれでいいですけど……」

両手の人差し指を合わせ、ちょっぴり不服そうにする彼女。

――いや、ここで深読みするのは止《よ》そう。

とにかく今は地理の把握もほどほどに、楽しむことを優先しないとな。

それから俺は、ヴィリーネと一緒に市場を見て回る。

冒険者用のアクセサリーショップを眺めてみたり、服屋で衣服を試着してみたり、武具店で鎧《よろい》や剣を品定めしてみたり――

その間、俺たちから談笑がなくなることはなかった。

これまでにあった色々なことは一旦忘れて、ただ楽しいひと時を過ごした。

自らの掲げた目標に向かって真っ直ぐ邁進《まいしん》する――それは大事なことだが、こういう息抜きも時には必要なのだろう。

少なくとも、屈託のない笑顔を見せてくれるヴィリーネを見ていると、そう思える。

様々な店を回った俺たちはふと小腹が空《す》き、なにやらいい香りのする軽食屋台に立ち寄ってみる。

「お、なんだかいい匂いがするな。えっとなになに、羊肉のラップに鶏肉《とりにく》のラップに……〝ラップ〟ってなんだろう？」

「いらっしゃい、ラップっていうのは肉や野菜を薄焼きパン《トルティーヤ》で巻いて食べるスタイルのことを指すのさ。ウチの店は絶品だぜ？　甘いデザートを包むタイプもあるし、可愛いお嬢さんにもオススメだ」

「か、可愛いだなんて……ふにゅう……」

「アハハ、それじゃあ1つずつ貰《もら》おうかな。ホラ、ヴィリーネも選んで」

さっそく注文してみる俺たち。

俺は定番らしい羊肉のラップで、ヴィリーネは甘い果物が包まれたラップを選ぶ。

料金と交換で手渡された料理はたっぷりの具材が薄焼きパンに包まれており、空いた小腹を満たすには十分なボリューム感。

それに料理自体も手が汚れないように紙で包まれているため、食べ歩きにはピッタリだ。

「うわぁ……とってもカラフルで美味《おい》しそうです……！」

「ああ、こっちも凄《すご》くいい匂いだ。ヴィリーネ、ちょっと食べてみるかい？」

「ふぇ!?　で、ででででもそれはアイゼン様の分で……っ！」

「俺のは店の看板料理らしいし、せっかくならどうかなって思ったんだけど……。ああ、こういうのを気にするならいいんだ、ごめんよ」

これは軽はずみな行為だったかな。

ヴィリーネだって多感なお年頃。

男の俺とこういうことをするのは、やっぱりいい顔を――

「い、いえ！　ぜひ頂きます！　頂かせてくだしゃい！」

噛《か》んだ。顔を真っ赤にして。

うーん、やはりおっちょこちょいで可愛らしい。

「無理しなくていいんだよ？　イヤならイヤって……」

「全然！　全っっっ然イヤなんかじゃないです！　とっても食べたいですぅ！」

「そ、そう？　それじゃあ、はい」

手にするラップをヴィリーネへと向けてあげる。

彼女は少しだけ気恥ずかしそうにモジモジとしたが、ぱくっと小さな口で一口食べる。

「！　美味しい……！　この料理、とっても美味しいです！」

「どれ、それじゃあ俺も――あむ」

一口。――おお、これは美味《うま》いぞ！

羊肉のジューシーさと独特な風味、それに野菜のシャキシャキ感と濃いめのソースの味わいが合わさって、かなりクセになる味だ。

うーん、これは『ビウム』に来る度に店に寄りたくなってしまいそうだな。

はむはむ、とラップを食べ進める俺だったが、

「……？　ヴィリーネ、食べないの？」

ふと、ヴィリーネが自分の持っているラップに口を付けていないことに気付く。

「い、いえ、勿論《もちろん》食べますけど……！　あ、あのっ——アイゼン様も、一口どうぞ！」

バッと、今度は彼女が俺にラップを差し出してくる。

「え？　いいよ、それはキミのぶんなんだし……」

「そういうワケにはいきません！　私だけ頂くのは、なんていうか不公平です！　で、ですから、さあ！」

……総じて冒険者は食のデリカシーに関心のない者が多いけれど、彼女はいったいどっちなんだ……？

こういう行為が気になるのか気にならないのか……やはり年頃の女子は難しい……

とはいえ、ここまで言われたら気持ちを無下にするのも失礼だろう。

「それじゃあ、お言葉に甘えて……」

ぱくり。もぐもぐ。

……お、これは――

「うん、甘くて美味しい。果物との組み合わせも食べやすくてアリだな。もう本格的なデザートって感じだ。ありがとうヴィリーネ、いい食べ比べができたよ」

「お、お気になさらず！　……はむ」

ようやく自らのラップを食べ始めるヴィリーネ。

しかし、何故かずっと頬を赤らめたままだ。

……親しき仲にも礼儀ありと思って、大事な仲間である彼女とは接しているつもりなのだが……いやはや、距離感というのは難しいな。

そんなことを思いつつ俺たちは市場を抜け、冒険者ギルドの建物などが立ち並ぶ大通りへ出る。

できればもう少し観光気分でいたいが、地理の把握以外にも『グランド・ゼフト』の情報を集めておきたいし、どこか適当な場所で聞き込みでもしてみるか……

それに都会のギルドがどんなものか覗《のぞ》いておくのもいいだろう。

一応、後学のために。

「ヴィリーネ、ちょっと冒険者ギルドに入ろうか。一応聞き込みもしておこう」

「はい、かしこまりました！」

俺とヴィリーネは冒険者ギルドの建物へ足を向ける。

そして扉を押し、中に1歩踏み込んだ——その瞬間、

「なによそれ！　アタシはそんなの認めないわよ！」

入ってきた俺を吹き飛ばすかのような、少女の怒号。

それが俺を出迎えた。

「フン！　認めるも認めぬも関係ない！　マイカ・トライアンフよ、貴様は只今《ただいま》を以《もっ》て我らSランクパーティ『アイギス』より追放とする！」

「ふざけんじゃないわよ！　アタシがいつパーティに迷惑かけたっていうの⁉」

見ると——そこには激しく言い争う男女の姿。

いや……正確には追放されそうになっている冒険者と、追放しようとしているパーティか。

「いつ、だと？　ハッ、そんなのこれからに決まっているだろう！　ステータスの低い貴様がパーティの邪魔になることくらい、容易《たやす》く予想できるのだ！」

パーティのリーダーらしき男は赤茶色のセミロングヘアーを結って額を出し、マントが付いた金色の軽鎧をまとっている。

顔立ちは端整で、如何《いか》にもキザな二枚目といった風貌《ふうぼう》。

腰には装飾の施された直剣を備え、身なりと相まってランクの高い冒険者であることを窺《うかが》わせる。

そんなパーティリーダーに激しい怒りを向けているのは——銀色の長い髪を2つに結った、背丈の低い少女。

その服装や大きな杖《つえ》という装備からして、職業《ジヨブ》はどうやら魔術師のようだが——服などよりも先に目がいくのは、頭にぴょっこりと2つ生えた獣の耳と、後ろ腰からスラリと伸びる長い尻尾《しっぽ》。

——珍しい、獣人族の女の子だ。

耳と尻尾の形状から見て、たぶん狐の獣人族かな？

地域によっては人間と同じくらい獣人族が冒険者をやってる場合もあると聞くが、俺の住んでいた辺りでは獣人族は割と珍しかった。

特にSランクパーティに所属している獣人族の冒険者は、初めて見る。

そんな可愛らしい外見のマイカという冒険者は、尻尾の毛を逆立てながらパーティリーダーを威嚇する。

「む、無茶苦茶だわ……！　こんな横暴、ギルドが許すワケが——！」

「我らが所属する『ヘカトンケイル』は、貴様の追放を容認してくれたぞ？　それどころか、ヴォルク様から直々に許可して頂いた。我がギルドに、弱者は不要だとな！」

「そんな……！」

言い争う彼らを見た周りの冒険者たちもヒソヒソと小声で話し、

「おい見ろよ……どうやらあの『アイギス』も、いよいよ追放者を出すみたいだぜ？」

「『アイギス』っていやあ、『ヘカトンケイル』に所属する名うてのパーティじゃねぇか。少し前にドラゴンを討伐したことで一躍有名になった奴らだ」

「なんでもパーティリーダーのクレイは、〝四大星帝《クアッド・マスターズ》〟の１人であるヴォルク・レオポルドに大層気に入られてるらしいぜ。気の毒なこった……ヴォルクに目を付けられたら、もうどのパーティにも入れてもらえねぇぞ。冒険者としては終わりだな……」

聞き耳を立てるに、どうやら彼らはこの街で有名なパーティらしい。

それにしても……ついこの間も、全く同じような光景を見た気がするな。

「アイゼン様……」

ヴィリーネが不快そうな表情で、俺の服の裾《すそ》をぎゅっと握る。

そう、彼女も連想しているはずだ。

追放される自分自身と、無能なサルヴィオって構図を。

――ただ、以前と違う点があるとすれば……

「もう諦《あきら》めなさいな、小狐ちゃん。このパーティの魔術師は、私って決まったんだから♪」

そう、妖《あや》しいオーラをまとった女性が１人、いることだろうか。

甘ったるい声と共に、大きなウィザードハットを被った魔術師の女性が歩み出る。

胸元と肩を大きく露出し、妖艶《ようえん》な雰囲気を醸すその魔術師はパーティリーダーの腕に抱き着く。

「『アイギス』の魔術支援は、死霊使《ネクロマンサー》いであるこのヒルダが任せられたの。そうよね、クレイ♪」

「その通りだ、美しいヒルダよ。お前の屍術《しじゅつ》は恐ろしいまでに強力だぞ、ククク」

もしなにも知らない者が傍《はた》から見れば、この２人の組み合わせは美男美女のカップルにでも映るだろう。

だが事情が事情なだけに、どうにもヒルダという死霊使《ネクロマンサー》いが胡散臭《うさんくさ》く見える。

というよりハッキリ言って、あのクレイというパーティリーダーが籠絡《ろうらく》されたようにしか見えない。

マイカはヒルダをキッと睨《にら》み付け、

「アンタがクレイを言いくるめたのね……！　ちょっとサイラス、なんとか言ってやってよ！」

「悪いな、マイカ。これはもう決まったことなんだ」

パーティの重装士《タンク》らしき大男は、冷淡に答える。

全身を覆い尽くすほどの重甲冑《じゅうかっちゅう》を着込んだ彼は不敵な笑みを覗かせ、

「確かにお前は俺たちパーティの魔術師として貢献してきたが、問題がなかったワケじゃない。自分でもよく理解してるだろ？　お前は魔力量が少なすぎる。それが足を引っ張ったことも、何度かあった」

「そ、それは……！」

「俺たち『アイギス』に最低限必要なのは、あらゆる攻撃を無力化するこの俺と、リーダーのクレイだけだ。それに……ヒルダはいい女だからな」

サイラスは如何にも下心のある感じでヒルダを流し目に見る。

ヒルダも「あら、ありがとう♪」とヒラヒラ手を振るが、相変わらずクレイに抱き着いたままだ。

……なんというか、あのヒルダという死霊使い《ネクロマンサー》は早くもパーティクラッシャーと化しそうな感じだなぁ。

それにしても――〝あらゆる攻撃を無力化〟だって？
〝耐える〟でも〝弾《はじ》く〟でもなく、〝無力化〟――
幾ら防御力の高い重装士《タンク》でも、そんな芸当は不可能なはずだ。
……なにか、裏がありそうな気がする。
俺は久しぶりに、【鑑定眼】を使ってみることにした。
「……【鑑定眼】」
目を瞑《つぶ》り、そして【鑑定眼】を発動させて再び瞼《まぶた》を開く。
マイカたちの前に〝隠しスキル〟が表示され、彼女たちの能力が露《あら》わになる。
まずは、サイラスの方を見てみよう。

＝＝＝＝＝＝＝＝＝＝＝＝＝＝＝＝＝

スキル【鉄壁の盾】

全ての物理攻撃を50％軽減する
また自身の防御力より相手の攻撃力が低かった場合、

相手からのダメージは全て1になる

＝＝＝＝＝＝＝＝＝＝＝＝＝＝＝＝＝＝＝＝＝

……なるほど、大口を叩《たた》くだけのことはある。

これは重装士《タンク》としてはかなり強力な〝隠しスキル〟だ。

敵からの攻撃を一手に引き受ける重装士《タンク》にとって、物理攻撃を50％も軽減できるのはまさに鬼に金棒だ。

オマケに、相手の攻撃力より自分の防御力が高ければダメージを1しか受けないのも強い。

Sランクパーティの重装士《タンク》を務めるほどであれば、素の防御力もかなり高いはずだ。

ダンジョンの道中に出てくる雑魚《ざこ》モンスターくらいの攻撃であれば、ほとんど通らないはず。

無力化というのは流石に言い過ぎだが、あながち完全な嘘でもないのだろう。

パーティ名が『アイギス』というのも、おそらく重装士《タンク》である彼を戦いの主軸に置いているからだと思う。

神の盾を名乗るのは伊達《だて》じゃない、ってコトか。

……だけど、不可解な点がある。

何故なら、それだけじゃ〝あらゆる攻撃を無力化〟することにはならない。

――そう、攻撃には大きく分けて〝物理攻撃〟〝魔術攻撃〟〝状態異常〟の3つがあるからだ。

いくら物理攻撃を防げても、魔術攻撃を防げねば完璧《かんぺき》とは言えない。

大抵の場合重装士《タンク》は魔術攻撃や状態異常に対してはあまり強くなく、それを守るのは魔術師の役割であることが多い。

さらにモンスターには物理攻撃と同じくらい魔術攻撃と状態異常を使ってくる個体も多いため、重装士《タンク》と魔術師の連係は地味に重要だったりもする。

それを無視して〝あらゆる攻撃を無力化〟とは……これはおそらく――

俺は次にマイカの方へと目を向ける。

そして彼女の前に浮かび上がっていた文字は――

＝＝＝＝＝＝＝＝＝＝＝＝＝＝＝＝＝＝＝＝＝

スキル【巫《かんなぎ》の祝福】

1度の戦闘で味方1人への物理攻撃を3回まで無効化
またその戦闘ごとに味方1人への魔術攻撃・状態異常を
完全に無効化させるが、代わりに自身の魔力量の上限値
が大きく減少

＝＝＝＝＝＝＝＝＝＝＝＝＝＝＝＝＝＝＝＝＝＝

——やっぱりな。

彼女の〝隠しスキル〟がサイラスの弱点を補ってた。

……というか凄《すご》くないか、コレ？

絶対的な魔力量の減少の代わりに、物理攻撃を3回まで無効化して、しかも仲間を魔術攻撃や状態異常から守るって……

彼女というバッファーがいるだけで、戦線が大きく安定するのは間違いない。

縁の下の力持ちという言葉がこれほど当てはまる者もいないだろう。

確かに魔力量が少なければ攻撃の回数は減るかもしれないが、だからといってこの能力は替えが利かない。

デメリットを鑑《かんが》みても、超が付くほど有能だ。

さっきも魔力量が少ないとか言ってたし、この〝隠しスキル〟が発動してたのは間違いない。

サイラスは完全に思い違いをしているのだ。

自分には〝あらゆる攻撃を無力化〟する力があるなどと自慢気に言っているのが、その証拠だ。

マイカのバフを自らの能力と思い込むとは――愚かな。

「サイラス、話を聞いてよ！　アタシがいなきゃ、アンタは――！」

「ん？　なんだ、魔術攻撃からパーティを守るのは、魔術師の役目だと言うつもりか？　お前だって、俺の盾が何度も魔術を弾いているのを見ただろう。今更そんなことを言ってまですがり付くのは見苦しいぞ、マイカ」

「っ！　そ、それは……」

……おや？　なんだか含みのある言い方だったな？

これはもしかして――彼女自身、自分のスキルに気付いてる？

だとしたら、何故申告しないんだ？

自分の有用性を証明すれば、必ずまたパーティに必要とされるだろうに。

……いや、そもそも豚に真珠か。

これまでの貢献を無視して、魔力量の低さだけを理由に追放するような連中なのだから。

ともかく、自覚があるなら話が早い。

俺はさっそく話しかけてみることにする。

「あの～……すみません、ちょっといいですか？」

「なによ！　こっちは取り込んでるの！　後にして！」

おうふ、スカウトしようと思っている追放者から威嚇されてしまった。

だがめげるんじゃないぞアイゼン・テスラー、彼女《マイカ》は『追放者ギルド』に絶対必要な人材だ。

「いや、失礼。ただ言わせてほしいんだけど——マイカ、キミ……自分の能力に気が付いてるよね？」

俺がしょっぱなから切り込むと、マイカはギクッとして面食らった様子を見せる。

「な……なんの話よ……。アンタ、何者？」

「俺はアイゼン・テスラー。『追放者ギルド』っていう新興ギルドのギルドマスターをやってるんだ。よければ、少し話をしたい」

「『追放者ギルド』……？　聞かぬ名だな」

クレイは訝《いぶか》し気に眉《まゆ》をひそめる。

聞いたことがないのは当然だ。

まだギルドとして正式に創設できてないし。

なんなら今日申請を断られたくらいだし。

ま、この場では適当に誤魔化しておこう。

「そりゃ、できたてホヤホヤのギルドだからね。それで話を聞かせてもらったけど、アンタたち『アイギス』はマイカを追放するんだよな？　だったらウチが雇ってもいいか？」

俺の言葉に、クレイたち『アイギス』のメンバーは一瞬顔を見合わせる。

多少なりとも面食らったのだろう。ヴィリーネの時と同じだ。

しかしクレイはすぐに俺を見て、

「ふん、好きにするがいい。どうせ我らにはもう関係のない話だ。それにできたばかりのギルドならば、弱者でも役に立つかもしれんな！　ハハハ！」

その言い様は、あからさまに新興ギルドの『追放者ギルド』も見下した感じである。

正直、ちょっとカチンとくる。

まったく、どうしてSランクパーティのリーダーって奴はこういう性格が多いんだろうな。

「ちょっと、勝手に決めないでよ！　アタシは追放なんて認めないって言ってんでしょうが！」

話題の主を無視するなとばかりに、シャー！と耳の毛を逆立ててマイカが怒る。

小動物っぽくてちょっとかわいい、なんて思ったり。

「愚か者が、これは決定事項だと言っているだろう。それとも、ギルドマスターであるヴォルク様に意見しに行くか？　命令に背いた罰で、冒険者ギルド連盟から永久追放されねばよいがな」

「ぐ……ぅ……！」

もはや言い返すこともままならないマイカ。

冒険者にとって、ギルドマスターの決定は絶対。

逆らうことなどできないのだ。

とはいえ、ギルドマスターが1人の冒険者を名指しすることは稀《まれ》なはず。

おそらくこのクレイという男は、ギルドマスター《ヴォルク》のお気に入りなのだろう。

ヴォルクって言えば、確か大手冒険者ギルドの1つである『ヘカトンケイル』のギルドマスターにして〝四大星帝《クアッド・マスターズ》〟の1人だ。

冒険者ギルドの界隈《かいわい》じゃ、超が付くほどの大物。

それに噂だと、気性が荒く弱肉強食を好むとか。

そんな雲の上の人物に、追放されそうな冒険者が直談判《じかだんぱん》しに行くなんて——もう自殺行為に等しい。

文字通り、マイカは所属ギルドからも見捨てられたのだ。

彼女の怒りと絶望は、察するに余りある。

だが——言い方は悪いが、これは彼女にとっても転機だろう。

「……マイカは、ギルドマスターから追放のお墨付きをもらった、で間違いないか？」

「フッ、先程からそうだと言っているが」

「そうかい、そりゃ彼女は幸せ者だ。だって節穴な目を持つパーティリーダーとギルドのボスから、離れることができるんだからな」

「え……？」

驚くマイカ。

同時に——俺の言葉に、クレイの様子が一変する。

「……なんだと？」

「節穴だって言ったんだよ、アンタとヴォルクの目は。大層な身分になるまで冒険して、それでもステータスしか見られないなんて。オマケに、マイカの貢献を自分たちの力だと勘違いしてるのがもう……ボンクラとしか言いようがないな」

俺はハッキリと言ってやる。

こうでも言ってやらないと、マイカがあまりにも気の毒だったからだ。

「――ッ」

そして次の瞬間、クレイの腰の剣が抜き放たれる。

その剣筋は俺の首目掛けて飛んでくるが――ギインッという金属音と共に、一撃は遮られた。

既《すんで》のところで、同じように剣を抜いたヴィリーネが受け止めてくれたのだ。

刃《やいば》と刃が鍔《つば》迫《ぜ》り合い、彼女は怒りを隠そうともせずクレイを睨《にら》み付ける。

「小娘、貴様ァ……っ！」

「アイゼン様は、絶対に傷付けさせません……！　それに、追放者が虐げられているのも見過ごせません！　私は、あなたが嫌いです！」

互いに一歩も引かぬクレイとヴィリーネ。

そんな彼らの行動に、マイカを始めとした他メンバーも驚愕《きょうがく》して目を剝《む》く。

冒険者ギルドの中で抜剣は、基本的に御法度。

加えて刃傷《にんじょう》沙汰《ざた》になどなれば、それこそ冒険者として終わる。

「ちょ、ちょっとクレイ……！」

「……この俺を謗《そし》るのは、百歩譲って許せるとしよう。だが——ヴォルク様を貶《けな》すのだけは許せん！」

マイカの制止も聞かず、激情に瞳《ひとみ》を燃やすクレイ。

どうやら、彼はヴォルクのことをとても慕っているらしい。

これほどプライドの高い男が自分を差し置いて憤激するなど、よほど尊敬している証拠だ。

「……1つ聞きたい。マイカとサイラスって重装士《タンク》、この2人がパーティに加入したのはいつだ？」

「そんなもの答える義理はない！　どこまでもコケにしやがって……！」

「ああもうっ、落ち着きなさいってクレイ！　サイラスは最初期からいる古株で、アタシが加入したのは2年前。まだパーティがBランクだった頃よ……」

怒るクレイに代わり、逆に冷静さを取り戻してしまったマイカが説明してくれる。

「なら、マイカが加入してからSランクになったんだな。そこまでの道のりに、彼女の貢献があったと思わないのか？」

「Sランクまで上り詰めて、ヴォルク様に認めてもらえたのも、俺たちに実力があったからだ！　知ったような口をきくな！」

……ダメだな、もはや我を忘れてしまっている。会話すらままならない。

どうしたものかと考えていると——

「……クレイ、私の素敵な人」

穏やかな声で、ヒルダが彼を呼んだ。

彼女の声を聞いた瞬間、クレイはハッと我に返る。

「ダメよ、こんな場所で剣なんて抜いたら。私、怖いわ……」

「あ……う……す、すまないヒルダ。俺としたことが、頭に血が上ったようだ」

反省したように剣を引き、鞘《さや》へと納めるクレイ。

同時にヴィリーネも警戒しつつ剣を納めた。

なるほど、彼女がクレイをコントロールしているのか。

流石は死霊使い《ネクロマンサー》、その口から発せられる言葉には妖力《ようりょく》染みた響きがある。

こんなところでSランクパーティリーダーの地位を失うことの愚かさを、ヒルダはよく理解しているらしい。

クレイよりも冷静で知的な人物のようだ。

こちらとしては助かったが——同時に、恐ろしい女だとも思う。

ヒルダはクレイの腕に抱き着き、

「もう行きましょう、クレイ。この後もお仕事があるんだから」

「そ、そうだな。道草など食っている場合ではなかった」

クレイは改めてカッコつけると、俺とマイカをビッと指差す。

「フン、ステータスの低い弱者を雇いたければ、勝手にしろ。そして金輪際、俺の前に姿を見せるな。もしその顔を見れば……俺の剣が鞘に納まっているかわからんからな」

そう言い残すと、クレイは『アイギス』のメンバーを連れて建物から出て行った。

残される俺たち。

周囲の野次馬たちも関心を失ったようで、建物の中は喧噪《けんそう》に包まれる。

マイカは胸を撫《な》で下ろし、

「はぁ〜〜〜……まったく、どうなることかと思ったわよ……」

「アハハ、ギルドで剣を抜くとか、中々大胆だよねぇ。ビビったよ」

「まるで他人事《ひとごと》みたいに言うな！　ホントどういう神経してんの、アンタ……」

「そうですよ！　追放者さんを助けるアイゼン様はとってもカッコよかったですけど、せめて事前に合図くらいほしかったです！　怖かったんですからぁ！」

一気にヴィリーネとマイカに詰め寄られる俺。

……いや、うん、確かに軽率だったかもしれないけどさ……

「ヴィ、ヴィリーネも悪かったよ……本当に助かった。でも、あれくらいズバッと言えないとギルドマスターは務まらないと思ってさ」

俺の夢は〝追放ブーム〟の終焉《しゅうえん》であり、無能だと蔑《さげす》まれた全ての追放者が救われる世の中を創ること。

そんな夢のためにも、あの場面で一歩も引いちゃダメだと思ったんだ。

それに実際、そこそこ肝が据わってないとギルドマスターは務まらないと思うし、そういう意味では普通だと思うんだけどなぁ。

はぁ～、と2度目のため息を漏らすマイカ。

しかし数秒後にはクスッと笑い、

「なんか変わり者みたいだけど……いい奴ね、アンタ。さっきのは気持ちよかったわ。アタシのことを擁護してくれて、ありがとう。ちょっと胸がスッとしちゃった。――それで、アンタもギルドを持ってるんだって？　詳しい話を聞かせなさいよ」

ギクリ、と肩を震わせる俺とヴィリーネ。

……そういえば、さっきその場のノリで新興ギルドのギルドマスターやってますって言っちゃったんだっけ……

今更すごく言い出し辛《づら》いけど……

「い、いや～、実はその、なんと言うか……」

「ん？」

「本当は、俺はまだ正式なギルドを持ってるワケじゃなくて……」

「……は？」

「ついさっき申請を出しに行ったら、『追放者ギルド』なんて認められないって追い返されたくらいで……」

「………へ？」

「だからその、そもそも詳しい話はできないというか、しようがないというか……」

そこまで話を聞いたマイカは、困惑に満ちた顔で俺の胸ぐらを掴《つか》む。

「ちょ、ちょ、ちょっと待ってよ！　それじゃなに!?　アタシはまだ存在すらしてないギルドにスカウトされたってこと!?　それって詐欺じゃない！」

「いや、決して騙《だま》すつもりではなかったんだけど……ただ現状だと、仰《おつしや》る通りになっちゃうかなぁ……」

悔しいけど言い訳もできない……

マイカは俺から手を離すと、フラフラと後ずさる。

そしてぐったりと、床に膝《ひざ》と手を突いた。

「お……終わりだわ……なにもかもおしまいよ……『アイギス』を追放されて、他に行く当てがこんな場所しかないなんて……アタシの冒険者人生は、これでジ・エンド……もう仄暗《ほのぐら》い世界で生きていくしかないのね……フ、フフフ……！」

「マ、マイカちゃん？　少し落ち着いて……どうか最後まで話を――」

ヴィリーネの励ましも虚《むな》しく、マイカはボタボタと涙を流しながら再度俺の首に掴み掛かってくる。

「責任取りなさいよ、この詐欺師！　犯罪者ぁ！　人の弱みに付け込みやがってぇぇぇぇっ！」

「ま、待った……落ち着け……！　だから責任を取ってギルドに……！　頼むから話を聞いてくれ！　5分だけでいいから！」

あわや絞殺されるかというところで、なんとか俺は彼女を宥《なだ》めることに成功する。

危ない危ない……もう少しで天の国が見えてしまいそうだった……

「確かに、俺の『追放者ギルド』はまだ正式に申請が通ってない。だけどチャンスは残ってるんだ。『グランド・ゼフト』――そいつらを捕まえるか、せめて足取りを掴めれば、再申請が受理される可能性はある」

「『グランド・ゼフト』って、この街で悪名を馳《は》せてる盗賊ギルドじゃない。そんな奴らを、アンタたち2人でどうしようっていうの？」

お、流石は『ビウム』でSランクパーティに所属していた冒険者。

知っているなら好都合だ。

「ああ、正直俺たちだけじゃ手に負えそうにない。そもそも俺たちはまだ『ビウム』に来たばっかりで、街のことすらよくわかってないんだ。出来れば協力者がほしいんだよ」

「まさか——アタシに協力しろって言うつもり？」

「話が早いな。そうしてくれると、俺たちも正式なギルドとしてキミを迎えやすくなる」

俺はひと呼吸ほど間を置くと、

「……『追放者ギルド』は、名前通り追放者を募集してるんだ。本当は実力があるのに、ステータスが低いってだけでパーティを追放される冒険者が大勢いる。俺はそれが納得いかない。だから追放者の新しい居場所を作って、役立たずなんかじゃないって世間に示したいんだよ」

「追放者の……居場所……？」

「ステータスが低い冒険者は、その多くが特殊な〝隠しスキル〟を持ってる。でも、ほとんどの人は自分の能力に気付けない。だから、追放者がその真価を発揮できる場所——それが俺の目指す『追放者ギルド』の形なんだ」

　これは、まだ理想に過ぎない。

　でも確かに、その第一歩はもう踏み出されている。

　だから笑われようと、胸を張って言う。

　俺は、追放者による追放者のためのギルドを創るんだ、と。

「正直に言うと、先行き不透明だし前途は多難なんだけどさ……。それに団員は俺を含めてまだ2人。だから、マイカには3人目の団員になってほしい。頼む」

　彼女に対し、俺は頭を下げる。

　マイカは「はぁ～」と立ち眩《くら》みを起こすと、

「……こんな無茶苦茶な誘われ方するの、たぶんもう二度とないでしょうね……。なんていうか、もう頭痛が痛いってレベルだわ……」

「おっと、それはちょっと間違ってるぞ。頭痛が痛いって言葉は重言で、正確には頭痛がするとか頭が痛いって言った方が――」

「うっさいわ！　誤用するくらい頭痛いって言ってるの！　でも……そうね……」

　少し考える姿勢を取るマイカ。

　どうやら、彼女にも思うところはあるようだ。

「……いいわ、アタシもあの盗賊共は気に入らなかったし、なによりさっき庇《かば》ってくれた恩義もある。少しくらい手伝ってあげようじゃない」

「！　本当か!?　ありがとうマイカ！　助かるよ！」

「ありがとうございます、マイカちゃん！　私はヴィリーネ・アプリリアって言います！　よろしくお願いしますね！」

ヴィリーネも嬉《うれ》しそうに礼を言い、自己紹介する。

しかし、マイカは少しだけ晴れない顔のままだ。

「ただ……アンタたちのギルドに入るかは、まだ決められない。こっちは考える時間がほしいの。お願い……」

「？　マイカちゃん、それはどうして――」

不思議そうに聞き返すヴィリーネの言葉を、俺は手を上げて遮る。

「……勿論《もちろん》だ。勧誘はするけど、決めるのはマイカ自身だからね。それにSランクパーティからウチみたいな弱小ギルドに来るとなれば、そりゃ簡単には決断できないよな」

「それは――まあ、そうなんだけど……そういうことじゃなくて……アタシは……っ」

「……？」

なにやら言葉を濁す彼女。

しかし俺が聞き返すよりも早く、マイカは建物の出入り口へ向かって歩き出した。

「な、なんでもない！　ホラ！　盗賊ギルドを追うんでしょ！　そうと決まれば善は急げよ！　チンタラしてると置いてくんだから！」

「お、おい、ちょっと待ってくれよ！　行こうヴィリーネ！」

「は、はい！」

マイカの後を追い、急いで外へと出て行く俺たち。

この時——俺もヴィリーネもマイカも、誰一人気付けなかったんだ。
さっきまで『アイギス』の内輪揉《うちわも》めを眺めていた、冒険者の野次馬たち。
その中に——最後の最後まで俺たちを観察していた、怪しい男たちがいたことに。

◇◇◇

マイカを加え、外を歩き始めた俺たち一行。

彼女は俺たちの前をスタスタと歩いて行くが、

「ところでマイカ、ちょっと気になってたんだが……」

「あん？　なによ？」

「いや、キミが『アイギス』を追放されたのって、本当にただステータスが低いことが原因なのか？」

　俺が尋ねると、彼女は露骨にムッとした表情を見せる。

「ええ、そうでしょうね。確かにアタシはSランク冒険者としては魔力量が少ないわよ。クレイだってそう言ってたじゃない」

「だけど、それには理由があるじゃないか。キミの持ってる能力を説明すれば、理解してもらえたかもしれないだろ？　えっと、キミのスキルは確か【巫《かんなぎ》の――】」

「はわー!?　ストップ！　シャラップ！　ちょっと黙って！」

「む、むごご……!?」

　途端にマイカは目の色を変え、ガバッと俺の口を両手で押さえてくる。

　お、なんだか韻を踏んだ感じだったな。

　もしかしたら彼女はそっちの才能もあるかもしれないぞ。

　なんて思う俺を余所《よそ》に、彼女は凄《すご》い剣幕でこちらを見てくる。

「すっかり忘れてたわ……さっきもチラッと言ってたけど、どうしてアタシの力のこと知ってるのよ……!?　故郷を出てから、まだ誰にも話してないのに……！」

「お、俺には【鑑定眼】って能力があって、他人の〝隠しスキル〟を見抜く力があるんだよ……それで見たんだ……」

俺はマイカを離れさせると呼吸を整え、

「勝手に〝隠しスキル〟を見たことは謝るよ。ついさっき見たばかりで誰にも言ってないし、秘密にしておくから安心してくれ」

「……」

不信とまではいかずとも、彼女はやや疑いの眼差《まなざ》しを向けてくる。

ほうほう、これはつまり――

「もしかして……キミには、どうしても能力を隠しておきたい理由があるとか？」

「うっ、鋭いわね……。流石、ギルドマスターを名乗るだけはあるってトコかしら……？」

どうやら図星らしい。

『アイギス』のメンバーと言い争っていた時も、能力を隠そうとしていた。

Sランクパーティの仲間にすら話せないほどの秘密……なるほど、それは他人が土足で踏み込んでいい話ではないな。

「約束するよ、他の人には絶対に話さない。……たぶん、なにか深い事情があるんだろ？」

「そ、それは……」

「心配しなくても大丈夫ですよ、マイカちゃん。アイゼン様は約束を破ったりする人じゃありません。そ、それに、やっぱり女の子には秘密にしておきたいことの1つくらいありますよね……！」

何故か頰を赤らめるヴィリーネ。

……素直すぎるくらい素直な彼女に、秘密なんてあるのだろうか？

よくわからないが、少女の秘密を詮索《せんさく》するのは止めておこう。

うん、それがいい。

「なんか微妙にズレたこと言われてる気がするけど……秘密を握って〝ギルドに加入しろ〟とか強制してこないお人好《ひとよ》しみたいだし、一応信じることにするわ」

「そんなことするワケないだろ。俺は至極真っ当なギルドマスターを目指してるんだから。——ところで、俺たちは今どこへ向かってるんだ？」

「〝情報屋〟のところよ。あんまり期待はしてないけど、『アイギス』にいた頃から贔屓《ひいき》にしてた場所があるの。アンタもギルドマスターやるなら、そういう伝手《つて》の1つや2つは持っておいた方がいいと思うわ」

なるほど、情報屋か。

冒険者は基本的に冒険者ギルドで聞かされる情報を当てに、依頼を受けたりダンジョンに潜ったりする。

だがギルドで得られる情報というのは、必ずしも100％正確とは限らない。

当然ギルド側だって虚偽の情報が交じっていれば信頼に傷がつくから、基本的にはちゃんと調査されていることがほとんどだ。

だがそれでも間違いは起こるし、虚偽の情報が交じることもある。

低難易度の依頼であればそれほど大きな問題にはならないかもしれないが、Sランクパーティが受ける依頼レベルになると、情報の精度が生死を分けることも珍しくない。

故に少しでも怪しいと感じた依頼、または達成が難しいと思われた依頼に対して、あらゆる情報を収集し、精査し、綿密な計画を立てた上で挑む。

これによって、想定外の事態というのを避けるのだ。

例えばの話、これができているだけでダンジョンのトラップを1つ回避できるかもしれない。

あるいは強敵とされるモンスターの攻略法が予《あらかじ》め判明するかもしれない。

それだけでも冒険のリスクは激減する。

また他にも、上位ランクパーティはギルド内での立場問題や権力絡みのいざこざに巻き込まれやすいため、その切り札として色々と情報を持っておくという使い方もしているらしい。

人によっては、むしろこっちが本命って気もするが。

というかギルドマスターが情報屋を使う場合は、８割くらいこっちだと思う。

いずれにしても、情報というのは武器なのだ。

そして武器は研ぎ澄ませば研ぎ澄ますほど強力になる。

逆に、それを疎《おろそ》かにするとロクな目に遭わない。

そういう理由もあって、上位ランクパーティはその多くが独自の情報網を張り巡らせている。

懇意にしている別パーティ、裏話を聞ける冒険者ギルドの受付、そして情報屋。

高名なパーティになればなるほど、その伝手は多岐にわたるものだ。

……というか、そんな風に情報網を張れるのは上位ランクパーティくらいなんだけど。

ほとんどの下位ランクパーティとか中小ギルドは信用がないから、信頼性のある情報網を張れるところは数少ない。

実際、俺の伝手なんてカガリナくらいしかいないもんな……

我ながら悲しくなってくるよ……

いつかは俺もちゃんとした情報網を築かないと──なんて思っている内に、俺たちは人《ひと》気《け》の少ない裏路地へ入って行く。

そしてしばらく進むと──頭からフードを被った、怪しげな男が立っていた。

「……よお、マイカじゃねぇか。久しぶりだな」

「ええ、久しぶり。景気はどう？」

「ぼちぼちってトコさ。おたくは……あ～、相変わらず薄幸そうな顔《ツラ》してるな。今度は一体なにがあったんだ？　確かこの前は、ケモ耳が生えた幼い少女を見ると異常な高揚感を覚えるとかいう、割とどうしようもない変態に言い寄られたとか言ってたが……」

「うっさい！　幸薄そうで悪かったわね！　それに思い出させないでよ！　サイラスに頼んで豚箱にぶち込んでもらったのに、い、今になっても寒気がするわ……！」

全身に鳥肌を立て、悪寒を覚えるマイカ。

そうか……彼女も苦労してるんだな……色んな意味で……

「ハハハ、しかしお前さんの不運話は聞いてて飽きないよ。借家が火事になったとか、ダンジョンで開けた宝箱がミミックだったとか、平服で出掛けると高確率で不審者に声をかけられる、とかな」

「マイカちゃん……一度神官《プリーステス》に診てもらった方がいいんじゃ……なにかよくないモノが憑《つ》いてるのかも……」

「ああ……術による呪いなら解呪水《ホーリーボトル》でなんとかできるし……今から買ってこようか？」

「うーるーさーいーっ！　アタシは変なモノが憑いても呪われてもいないわよ！　ただちょっと運《ラック》が低いだけだから！　この話は終わり！　本題に入るわよ、本題に！」

強制的に話題を終わらせるマイカ。

こちらとしては心配になるが、あまり触れて欲しくない部分なのだろう。

それはまあ、頻繁に不審者に声をかけられることを弄《いじ》られて喜ぶ女性はいないよなぁ……

……

「コホン！　さっそくで悪いんだけど、情報を買わせて頂戴《ちょうだい》」

「そいつは構わねぇが……クレイの旦那《だんな》はどうした？　それに見かけねぇ2人組を連れてるな」

「気にしないで、一応知り合いの同業者だから。クレイとは……今日はちょっと別行動なのよ。それで、情報を売るの？　売らないの？」

「そりゃ内容によるさ。で、なにを聞きたいんだ？」

「ええ、『グランド・ゼフト』についてよ」

マイカが切り出すと、情報屋の男は一瞬驚いた様子だった。

「こいつぁ……意外な名前が出たな。それで、あの盗賊ギルドのなにを知りたい？」

「単刀直入に聞くわ。あいつらの居場所――いえ、リーダーであるウーゴの居場所が知りたい。幾ら払えばいい？」

「…………悪いが、そいつは俺も知らねぇよ。つーか、仮に知ってたとしても売れねぇ情報だ。俺だって命が惜しいからな」

「はぁ……ま、それもそうね。聞いてみただけ。そもそも居場所が知られてたら、今頃アイツらだってお縄についてるだろうし」

「そういうこった。だが、それ以外ならちっとは教えられることもあるぜ？　買うかい？」

マイカは俺の方を見て、

「で、買うの？」

「へ？　あ、えーっと……」

ああ、そりゃそうか。

捜してるのは俺たちなんだから、情報にお金を出すのは俺であるべきだよな。

「ち、ちなみにお幾らほど……」

「そうさな、ざっとこれくらいだ」

　情報屋の男はバッと5本指を広げて見せる。

「……銀貨5枚？」

「いんや、金貨5枚だ。値引きはナシだぜ」

「きんっ……!?」

　マジか、俺のひと月分の生活費と同じ額だぞ……！

　けどここで出し惜しみしたら、次はどこで情報が得られるかもわからないし……ぐぬぬ……

「き、金貨5枚だな。わかった、払うよ……」

「へへ、毎度あり。俺が知ってるのは『グランド・ゼフト』の実態と、ウーゴの使う能力についてさ」

　彼の発言に、俺は引っ掛かりを覚える。

「ん？　待ってくれ、魔術じゃなくて能力って言ったか？」

「ああ、ウーゴは元々山賊《バンデイツト》だったらしいからな。魔術なんて使えねぇよ。――さて、順番に説明していくと、まず『グランド・ゼフト』って盗賊ギルドは噂ほど大きな組織じゃない。その実態はせいぜい十数人規模で、構成員のほとんどが下位ランクの冒険者崩れだ。

そいつらは素人《しろうと》も同然、お世辞にもプロの盗人《シーフ》とは呼べないだろう」

――ふむ、ここまでの話は本部の前で老齢の男性から聞いた話と一致する。

もっとも彼は構成員の人数までは知らなかったようだから、そこまで把握しているのは流石情報屋というべきか。

「それじゃあなんで『グランド・ゼフト』はここまで悪名を馳《は》せたのよ？　素人の集まりにしちゃ、随分手際がいいじゃない」

「そこだよ、ウーゴの恐ろしいところは。実はこれまであの組織が起こした重窃盗は、ほとんどリーダーであるウーゴの単独犯行なんだ。部下たちはせいぜい盗んだ物品を運んでるくらいなモンよ」

「！　なんだって⁉」

「俺が仕入れた情報によると、なんでもウーゴは自由自在に〝姿を消せる〟らしい。その能力で商人の豪邸に忍び込んでいたとか。いったいどんなトリックを使っているのか――そこまでは知らんがね」

「す、姿を消すって……そんなことが可能なんですか⁉」

ヴィリーネは信じられないといった顔をするが――逆に、俺は確信していた。

間違いない、それがウーゴとかいう奴の〝隠しスキル〟なんだ。

おそらく身体を透明化させる類《たぐい》の能力なのだろう。

自分の能力を自覚して使いこなす――そういう意味では今のヴィリーネやマイカと同じだが、悪用しているという点では正反対だ。

なるほど、これまで『グランド・ゼフト』が捕まることなく好き放題やってこられたのは、そういう理由か。

無理もない、〝隠しスキル〟の存在を知らない普通の人々からすれば、理解の範疇《はんちゅう》を超えているのだから。

これはより一層、俺がなんとかしなくちゃならない案件になったな。

「俺が知ってるのは以上だ。さ、金をよこしな」

「アンタの情報筋は信用できるから、一応信じるけど……なんだかタヌキに化かされたような話だわ。それじゃ……ん」

マイカは肘《ひじ》で俺を突っつく。

ああ、ちゃんと料金を払いなさいってことね。

俺はポケットから金貨を取り出すと、それを情報屋の男に手渡した。

「へへ、ありがとよ。……おたくとはもうそれなりの付き合いだし無料でアドバイスしてやるが、アイツらには関わらない方がいいぜ。後悔する前にな……」

「ご忠告どうも。でも平気よ。それじゃあ機会があれば、また寄らせてもらうわ」

マイカはそう言い残すと、長居は無用とばかりにこの場から去って行く。

俺とヴィリーネも彼女に付いていき、情報屋の男の下を離れるのだった。


路地裏に1人残される情報屋の男。

だがそんな彼の背後に、さっき冒険者ギルドの中でアイゼンたちを観察していた怪しい2人組の男が現れる。

「──あの小娘は、なにを聞いていった？」

「……別に、次の依頼に絡む情報を買ってってただけさ」

「嘘はいけねぇな。お前だって、まだこの街で情報屋をしていたいだろ？　俺たち『グランド・ゼフト』の機嫌を損ねたいかぁ？」

怪しい2人組が不気味に笑うと、情報屋は不快そうに顔を背けた。

「……おたくらのことを聞いてきたよ。もっとも、『グランド・ゼフト』の実害になりそうな情報なんて俺は知らんがね。……しかしあの『アイギス』に目を付けられるとは、ツイてないな」

「そうでもねぇさ。あの小娘、ついさっき『アイギス』から追放されたんだよ。それも親ギルド『ヘカトンケイル』からのお墨付きでなぁ。フヘヘへ……」

「ああ、ウーゴ様に報告しないとな。あの優男と剣士の女は目障りだが……いつも通り始末すればいいか。ククク――」

「！」

情報屋の男は驚く。

だが怪しい2人組の片方が彼と肩を組むと、

「アイツらに伝えようなんて思うなよぉ？　お前1人なんざ、いつでも始末できるんだからな。なぁに、大人しくしてりゃあ――今日の日暮れまでには全部終わってるだろうよ」

◇　◇　◇

「さて、幾らか情報は得られたけど、これからどうしたものか」

「そうですね、盗賊ギルドのリーダーさんが凄《すご》い能力を持っているのは判明しましたが、やっぱり居場所がわからないんじゃ……」

うーん、と悩みながら歩く俺とヴィリーネ。

貴重な情報が得られたのは間違いないが、直接的に『グランド・ゼフト』に繋《つな》がる情報だったとも言い難い。進展としては微妙な感じだ。

「ちょっと、2人共情けないこと言わないでよ。情報が手に入っただけマシだと思ってよね」

「それはそうなんだろうけどさ……いやはや、これは長丁場になりそうな予感だ」

「別に急いでるワケじゃないんでしょ。ならいいじゃない。さてと、それじゃあここからは手分けしましょうか」

「え？　手分けって……」

「アタシはもう少し伝手《つて》のある情報屋を当たってみる。だからアンタたちも、冒険者ギルドなり市街地なりで聞き込みをしてみて。こうなりゃ総当たりよ」

「ふぇ？　で、でもマイカちゃん、できれば一緒に行動した方がいいような……危ない人たちを追っているんですし……」

「平気よ平気。アタシにとってこの街はもう庭みたいなモンだし、逃げ道なんて幾らでも知ってるから。夕暮れ時になったらもう一度この辺りで落ち合いましょう」

マイカはふふんと笑って言うと俺たちに背を向け、T字路の右の道へと進んでいった。

「……マイカちゃん、大丈夫でしょうか」

「本人があそこまで言うなら、信じるしかないだろう。それに彼女はれっきとしたSランク冒険者だし、盗賊なんかに簡単にはやられないはずだ。さあ、俺たちも行くとしよう」

「はい……」

不安になっても仕方ないと、T字路の左を進んで情報収集を始める俺とヴィリーネ。

それから道行く人に『グランド・ゼフト』のことを尋ねたり、冒険者ギルドで色々な冒険者に聞いてみたりもしたが——やはり具体的な情報は得られなかった。

そうして時間だけが過ぎていき——

「うぅ……なんの成果も得られなかった……」

空は既に夕暮れ。

手掛かりと呼べるモノは全く手に入らず、マイカと落ち合う時間になってしまった。

「わかってはいましたが、本当に皆さん知らないの一点張りでしたね……途中から心が無になりそうでした……」

「ああ、目撃情報すらないとはな……こりゃ長丁場どころか、何日かかるかわからないぞ」

想像するだけで気が滅入《めい》るよ……

こりゃ本部の人たちがどんな気持ちで捜査してたのか、察するに余りあるよ……

——いや、弱気になるなアイゼン・テスラー。

これは試練だと思え、あの時お爺《じい》さんも言ってたじゃないか。

全ては『追放者ギルド』創設のため。

そして不条理に追放された冒険者たちを救うためだ。

そのことを思えば、たとえ火の中水の中——

なんて考えながら、人通りの少ない場所を歩いていると、

「ワン！　ワン！」

どこからか、可愛らしい犬の鳴き声が聞こえた。

ふと辺りを見回してみると——日陰になった小道の突き当たりで、身動きが取れなくなっている小型犬の姿が。

なんだろう、と思って俺とヴィリーネが近付いてみると、

「これは……トラバサミに足を挟まれたんだな。可哀想に……」

「凄く痛そうです……少し待ってくださいね、今外してあげますから」

ヴィリーネは膝《ひざ》を突き、トラバサミを解除する。

トラバサミは単純な構造で彼女の力でも容易《たやす》く解除できたので、小犬の足はすぐに自由になる。

「ワフンワフン！」

「あ、ちょっとくすぐったいですよぉ、フフ」

小犬は感謝を表現するようにヴィリーネに抱き着き、彼女の顔をペロペロと舐《な》める。

うんうん……小犬と少女の組み合わせというのは絵になるものだ……

癒《い》やされるなぁ、なんて思ってほのぼのする俺。

それにしても──どうしてこんなところで小犬が罠《わな》に掛かっていたんだろう？

そもそも、何故トラバサミなんて──そう思った矢先のことだった。

「ククク……」

「フヘヘ……」

殺気を感じるのと同時に、俺たちは背後から現れた複数人の男に囲まれる。

俺は瞬時に、この小犬をトラバサミに掛けたのはこいつらだと察する。

大方小犬を助けようとした人を、袋小路に追い込む算段だったのだろう。

まんまと俺たちが罠に嵌《は》められてしまったな。

──相手の数は５人、最初は恫喝《どうかつ》を目的とした単なるゴロツキかと思ったが……これは違う。

彼らには明確な敵意があり、その手にはナイフや剣などの凶器が握られている。

そんな男たちの姿を見て、警戒したヴィリーネも小犬を地面に下ろす。

俺は彼らに睨《にら》みを利かせたまま、

「……なんだ、アンタら。俺たちになにか用か？」

「ああ、大アリだぜ。テメエらだろう、俺たち『グランド・ゼフト』のことを嗅《か》ぎ回ってる冒険者ってのはよぉ」

「！　お前らが……っ！」

俺は流石に驚きを隠せなかった。

まさか向こうからお出ましとは——幸運と言うべきか、不運と言うべきか。

「目障りなんだよ、コソコソ調べられちゃ。まあいい、テメエらは殺してもいいとウーゴ様から言われてる。多額の値が付くのは、あの獣人族の小娘だけだからよ。観念するんだなぁ、フヒヒ！」

「おい待て、獣人族のって——まさかマイカのことか⁉　あの子に値が付くってどういう意味だ！」

「テメエらが知る必要はねえなぁ。どうせここで死ぬんだからよ。しかし、これまでは『アイギス』に所属してるせいで手を出しあぐねてたってのに、今じゃその代わりがこんな優男と小娘とは……もう笑っちまうぜ、フヘヘヘ！」

——！　コイツら、以前からマイカのことを狙ってたのか？

どうして彼女を――いや、今はそんなことどうでもいい。

彼女は今1人で行動してるんだ、急いで合流しないと――ッ！

「ククク、逃げられると思うなよ。テメエらはこれから地獄へ行くんだ、楽しみだろぉ？　さあ、泣き喚《わめ》いて――！」

「黙れ」

俺は男の言葉を遮る。

あまりにも不快で、聞くに堪えなかったからだ。

「値が付くとかどうとか……お前ら、人のことをなんだと思ってるんだ？　それに、よくもこれまで街の人たちを散々困らせて、傷付けてきたな……。泣いて謝っても遅いのは、お前たちの方だ」

「テ、テ、テメエ……ッ、上等だぁ！　まずテメエからぶっ殺して――ッ！」

男は青筋を立てながらナイフを振りかざし、俺へと襲い来る。

だが――彼の刃《やいば》が俺に辿《たど》り着くよりも断然速く、ヴィリーネが動く。

彼女は腰の剣を鞘《さや》ごと引き抜くと、それを全力で振るい――

「ぎゃあああああああああああああああ――――ッ!!!」

――男をぶっ飛ばした。

ヴィリーネの一撃を受けた彼は夕暮れ空の彼方《かなた》まで飛んでいき、星となって消えた。

まあ斬撃《ざんげき》ではなく打撃だったから、死んではいない……と思う、たぶん。

その光景を見た他の『グランド・ゼフト』の盗賊たちは、呆気《あっけ》に取られる。

「アイゼン様に刃を向けるなんて……絶対に許しません。こんな場所で剣を振るうのは不本意ですが、そんなに悪事を働きたいなら――私が成敗してあげます！」

そう、忘れることなかれ。

確かにヴィリーネはステータスの低さを理由にSランクパーティを追放されたが、それでもAランク冒険者レベルの実力は備えている。

それに対して、ここにいる盗賊たちは冒険者崩ればかり。

おそらくほとんどが元C~Dランクくらいの者たちなのだ。

つまり純粋な強さを比較した場合、彼らよりもヴィリーネの方が遥《はる》かに強い。

それこそ、束になっても敵《かな》わないほどに。

「な……なんだ、どうなってんだ⁉　こんな奴がいるなんて聞いてねぇぞ！」

「あ、慌てんじゃねえ！　こんな小娘、全員で囲んじまえば――ッ！」

「無駄です！　ハアッ！」

「ぶごぉっ！」

「ぼへぇっ！」

軽やかな身のこなしで、1人1人薙《な》ぎ倒していくヴィリーネ。

もし気の弱かった頃の彼女だったらこうはいかなかっただろうが、今の彼女はもう昔とは違う。

その姿は、悪漢を駆逐する姫騎士さながらだ。

彼女の活躍の最中、盗賊の1人が俺に斬りかかってくるが――

「この野郎――ぐお！」

「悪いな、俺は別に喧嘩《けんか》が弱いワケじゃない。……強いってほどでもないけど」

――隙を突いて殴り倒す。

普段あまりやらないだけで、学生時代はからかってくる奴と時々喧嘩になってたからさ……

とてもモンスター相手に役立つレベルじゃないけど、これくらいの悪漢1人ならなんとかなる。

とはいえ久々に人を殴ると、やっぱり拳《こぶし》が痛い……喧嘩なんて好んでやるモンじゃないよなぁ……

なんて思っている内に、ヴィリーネがあらかた盗賊たちを倒してしまった。

「全く……皆さん、これで少しは反省してください！」

「お疲れ様、ヴィリーネ。よくやったね。まあ……ちょっとやり過ぎな気がしないでもないけど……」

もう死屍累々《ししるいるい》。いや、誰も死んではいないけど。

これでは一体どっちが襲われた側なのかわからなくなりそうだ。

「さて……」

俺は地面に倒れる盗賊たちを一望すると、その中に1人まだ意識がある者を見つける。

どうやら彼は獣人族らしく、茶色の体毛と長い尻尾《しっぽ》、そして大きな耳と猿に似た顔立ちをしている。

そんな彼の下へ近寄り、

「まだ話せるようだな。聞きたいことは山ほどあるが――」

「ひ、ひぃ！　待ってくれ、降参だ！　情報なら全部話す、だから見逃してくれぇ！」

完全に怯《おび》え切った盗賊は、もう抵抗する意思はないとばかりに両手をバタバタと動かす。

どうやらヴィリーネの一撃がよほど応《こた》えたようだ。

ハッキリ言って見逃せるはずもないが……話してくれるなら聞いておこう。

「それじゃあまずは、お前たち『グランド・ゼフト』の住み処《か》について教えてもらう。これまで上手《うま》く隠れてきたらしいが、普段はどこに潜んでるんだ？　リーダーのウーゴはどこにいる？」

「そ、それは……知らねぇ……」

彼の返答を聞いたヴィリーネが、少しばかりムッとした表情になる。

「大人しく話した方がいいですよ？　で、でないとこちらも手荒な真似を……えいっ！」

ヴィリーネはそう言いつつ、目を背けながら彼の懐に指を突き込む。

彼女だけが視える弱点――つまり人体の急所を突いたのだろう。

途端に「ピギャーッ！」と上がる悲鳴。

うっわ、痛そう……

今度ヴィリーネに、あまり能力を悪用しないように言っておかないとな……

盗賊はプルプルと痛みと恐怖に震えながら、

「ほ、本当なんだぁ！　ウーゴ様は疑《うたぐ》り深い方で、数人の部下しかアジトに置かねぇんだよ！　俺たちみたいな下っ端には、拠点の場所は知らされねぇんだ！」

……なるほど、そういうことか。

だんだんウーゴという男がどんな人物か、見えてきた気がする。

常に単独で行う重窃盗に、少人数組織にもかかわらず数名にしか自分の居所を教えないとてもではないが、仲間同士でもチームワークを重んじているようには感じられない。

そもそも、本当にウーゴが部下たちを仲間と思っているかすら怪しいだろう。

『グランド・ゼフト』のウーゴ……よほど猜疑心《さいぎしん》の強い性格らしい。

徹底した秘匿性。

「そうか、なら次にマイカのことだ。何故彼女を狙う？　あの子に多額の値が付くって、一体どういうことだ？　答えろ！」

「こ、この辺じゃあまり知られてないが、アイツは極東じゃ有名なシロカネ一族の生まれなんだ！　偽名を名乗ってるみたいだが、あの銀色の髪と尻尾……間違いねぇ！　俺も極東育ちだからよく知ってる！　あの小娘は王族の１人なんだよ！」

「マイカが——王族の——？」

「しばらく前に、シロカネ一族の巫女《みこ》が１人行方不明になったって噂を極東で聞いたが……こんな遠く離れた地で冒険者をやってると知った時は驚いたぜ。なんでこの街にいるのかは知らねぇが、アイツを人質にして身代金を要求すれば、一族から多額の金を強請り盗《ゆすと》れると思ったんだ」

俺は唖然《あぜん》としてしまう。

マイカが、極東の王族の一員だって？

彼女は俺たちにそんなことは一言も言わなかった。そんな素振りも見せなかった。

いや、出会ったばかりの俺たちに教えるのもおかしな話ではあるが……

——そういえばマイカは『追放者ギルド』への加入を躊躇《ためら》った際、なにか悩みを抱えているようにも見えた。

もしかしたら、その実家に関わることで……？

まあ、いずれにしても——

「な、なあ、俺たち協力しないか⁉　あの小娘を誘拐してシロカネ一族を脅迫してやれば、すぐ大金持ちになれるぜ！　だから——」

「………お前、もうなにも喋《しゃべ》るな」

俺はそう言って手を動かし、ヴィリーネに合図を送る。

「ご、ごめんなさい！」

刹那《せつな》、ヴィリーネが剣の鞘を振り下ろす。

ガツンッと頭部から鈍い音を奏で、彼は気を失った。

◇　◇　◇

「はあ……目ぼしい収穫はなしか。やっぱりそう上手くはいかないわよね」

マイカはため息を漏らす。

彼女はアイゼンたちとは別行動を取った後、伝手《つて》のある情報屋を色々と当たっていた。

しかし最初の情報屋の男以降は手掛かりも得られず、合流場所へ向かってトボトボと歩いている次第。

なんだか、思った以上に面倒なことに手を貸してしまったかなぁ……などと思うマイカだったが――

〝『アイギス』はマイカを追放するんだよな？　だったらウチが雇ってもいいか？〟

そんなアイゼンの言葉が、ふと頭をよぎる。

「……アンタのギルドは、本当にアタシの居場所になってくれるの？　アンタとなら、アタシは冒険者を続けられる？　アタシはいつまで……シロカネ一族の影に怯えていればいいの……？」

独り言のように、ポツリと呟《つぶや》くマイカ。

――気が付けば、彼女はアイゼンたちとの合流場所の近くまでやって来ていた。

『ビウム』に滞在して長い彼女にとって街は庭も同然であり、人込みを避けて移動するのは難しくない。

どうせなら近道をしようと、人気《ひとけ》の少ない裏路地を進む。

「はあ、やめやめ。考えても無駄ね。まだギルドとして成立すらしてないのに、アタシの居場所になれるワケないじゃない。やっぱり、どうにか別のSランクパーティを――」

『やあお嬢ちゃん、なにか悩み事かなァ？』

――唐突に、そんな男の声がマイカを呼び止めた。

「っ⁉」

驚いて後ろへ振り向く。

人の気配はなかったはずなのに――と。

だがやはり、裏路地にはどこにも自分以外の人の姿はない。

『危ないぜェ？　お嬢ちゃんみたいに、金の匂いがするガキが1人で歩いちゃ。注意しないと――』

――その直後、強烈な殴打がマイカの腹部を襲った。

大きな拳が彼女のみぞおちへめり込み、胃液を逆流させて呼吸を奪う。

「か――は――ッ」

マイカはなにが起こったのかもわからず前後不覚に陥り、そのまま気を失ってしまう。

そのままぐったりと倒れるが――彼女の身体は透明ななにかに支えられた。

『フシュシュ……悪い盗賊に襲われちまうぞ？　こんな風によォ』

マイカを支えた透明ななにかは、徐々に姿を現す。

骨ばった身体に幾らかの筋肉が付き、その顔は細く、離れた両目は大きく見開かれてギョロリとしている。

その風貌《ふうぼう》はさながら爬虫類《はちゆうるい》のようであり、そんな不気味な男は長い舌をベロリと垂らした。

「たった1発でのされちまうとは、Sランク冒険者ってのは大したことねぇんだなァ、フシュシュ！　だが、確かに金は持ってそうだぜ。コイツが極東の王族ってのはちと怪しいが……ま、違ったらあの猿面をぶっ殺せばいいかァ」

爬虫類顔の男はマイカを抱えると、裏路地の中を歩き出す。

「さあお嬢ちゃん、どうかこのウーゴ様の金づるになってくれよォ。安心しろって、どうせ――テメエを無事にお家《うち》へ帰す気なんてサラサラねぇんだからさ、フシュシュ！」

◇　◇　◇

「ハア――ハア――！」

息を切らしながら、俺は街中を走る。

ヴィリーネもそんな俺の後ろに追従し、

「アイゼン様、もうすぐ合流場所です！」

「ああ！　頼むマイカ、無事でいてくれ――っ！」

　俺はただ祈る他なかった。

『グランド・ゼフト』の下っ端共が俺たちを襲ってきたということは、おそらくウーゴを中心とした主力の奴らはマイカを狙ってる。

　彼女は今1人だ。

　盗賊にとって、誘拐するには絶好の機会のはず。

　さらにウーゴは姿を消す〝隠しスキル〟の持ち主だ。

　幾らSランク冒険者と言えど、不意打ちを受けたりすれば対処し切れないかもしれない。

　とにかく、一刻も早く合流しないと――！

　その一念で走り、ようやく合流場所に到着する俺たち。

　だがやはり、その周囲にマイカの姿は見当たらない。

「クソっ……マイカ、どこだ!?」

「お、落ち着いてください、まだ到着してない可能性も――――ア、アイゼン様……アレ……っ！」

　ヴィリーネが震える声で、とある方向を指差す。

そこは通りに繋《つな》がる人気のない裏路地。
俺が目を凝らすと——そんな裏路地の中に、見覚えのある大きな杖《つえ》が落ちていた。
「アレは——！」
俺たちは裏路地の中へ走り、その杖を拾う。
「間違いない……マイカの杖だ……！」
「そんな……！　それじゃあ、マイカちゃんはもう——ッ！」
俺は裏路地をくまなく見回す。
だが当然、マイカの姿は見つからない。
すぐに通りに戻ってぐるっと辺りを見回しても、彼女の後ろ姿らしきモノはない。
——既に、手遅れだったのか。
魔術師である彼女が、得物である杖を置いてどこかへ行ってしまうなど考えられない。
ということは、まさにここで誘拐されたということだろう。
最悪の事態だ。連れ去られてしまった後では、追うこともできない。
今の俺たちにとって、ウーゴの居場所は未《いま》だに判明していないのだ。
これでは、もう——
どうする——どうしたらいい——

俺が必死になって考えていた――その時、

「ワン！　ワン！」

犬の鳴き声が響く。

そしてすぐに、俺たちの下に見覚えのある1匹の小犬が走り寄ってきた。

「！　さっきのワンちゃんじゃないですか！　もう、私たちについてきちゃったんです？」

「ワフン！」

相変わらずヴィリーネに甘える小犬。

助けてもらった恩を感じているのか、すっかりヴィリーネに懐いてしまったようだ。

………〝小犬〟か……

ああチクショウ、こんな時にアイ、アイツがいてくれれば……っ！

俺がそう思った、まさにその矢先――

「――あれ？　アイゼンにヴィリーネちゃんじゃない！　どうしてこんなところにいるのよ？」

1人の女性が、俺たちに声をかける。

可愛気のない、だけど親しみのある声。

俺は顔を上げて、声の主を見る。

「カガ……リナ……？」

「ビックリしたわーホント。『デイトナ』で見かけなかったから、どこに行ったのかと思えば……まさか『ビウム』で会うなんて！　偶然ってあるものね」

「キュイー！」

見紛《みまが》うはずもない。

俺たちの前に現れたのは学友であるカガリナ・カグラその人と、彼女の肩に乗る相棒のハリアーだった。

彼女は大きな鞄《かばん》を肩から下げ、いつもの受付の制服を着ている。

「お、お前こそ、どうしてここに……！」

「そりゃギルドの仕事で用事があるからよ。『アバロン』の財務報告書やら新規冒険者の履歴書やらの重要書類を、本部に直接提出しなくちゃいけないからね。ま、まあ久しぶりの都会だし？　泊まり掛けついでにちょっと買い物しようかな〜くらいには思ってたけど……」

——奇跡だ。

幸運なんて言葉じゃとても足りない。もう彼女が救世主に見える。

俺は彼女の両手をガシッと握ると、

「頼むカガリナ！　力を貸してくれ！　今、俺たちにはお前が必要なんだ！」

「は？　え？　な、なに⁉　どういうこと⁉　なんでアタシ、アンタに手を握られてるの⁉」

事態が呑《の》み込めないらしく、顔を赤くして激しく狼狽《ろうばい》するカガリナ。

彼女には悪いが、事の経緯を話している時間はない。

「説明は後でする！　全部終わったら、飯でも奢《おご》ってやるから！　だから頼むよ——この小犬に、杖の持ち主《マイカ》の匂いを追えないか聞いてくれ！」

◇　◇　◇

「う……ん……」

——埃《ほこり》っぽい臭いに鼻を突かれ、マイカは目を覚ます。

ここは、どこだろう？

アタシはどうしたんだっけ？

しばし虚《うつ》ろな状態のまま、ゆっくりと思考を取り戻していく。

……そうだ、確か合流場所に向かってたら声が聞こえて、それから——

「——っ！」

マイカは全て思い出す。

姿の見えない何者かに強打され、気を失ったことを。

すぐに動き出そうとするが、両手足が鎖で壁に繋がれていることに気付いた。

同時に、今自分がいる場所が全く見ず知らずの部屋の中であることも把握する。

「この……っ、なによこれ！」

「よぉ、お嬢ちゃん。目を覚ましたかィ？　フシュシュ……」

マイカに話しかける不気味な声。

同じ部屋の中にはギョロリとした不気味な目を持つ男と、他に3人のガラの悪い男たち。

彼女はすぐに、彼らが自分たちの追っていた盗賊ギルドだと理解する。

「アンタたちが『グランド・ゼフト』ね……！　ってことは、そこのギョロ目玉が……」

「ああそうだ、今この街で一番のお尋ね者〝インヴィジブルのウーゴ〟とは俺様のことよ。

『グランド・ゼフト』のアジトへようこそ、有名人に会えて嬉《うれ》しいだろォ？」

愉快そうに笑うウーゴ。

対して、マイカの額に冷や汗が滴る。

……相手は4人、こっちは身動きが取れないけど、魔術を使えばなんとかなるか……？

杖がないから効率は落ちるけど、盗賊風情を追い払うくらいなら――

「おおっと、妙なことを考えるんじゃねぇぞ？　お前を繋いでる枷《かせ》には封魔の刻印を施してある。これでも魔術師を拉致《らち》るのは初めてじゃねぇんだ」

マイカはチラッと腕を拘束する枷を見ると、そこには確かに魔術封じの刻印が描かれていた。

どうやら、力ずくで逃げ出すのは無理っぽいわね……それなら――とマイカは再びウーゴを見る。

「フン、アタシを誘拐して一体どうするつもりかしら？　言っとくけど、アタシはこれでもSランクパーティ『アイギス』の一員なの。こんなことして、クレイたちが黙ってないわよ！」

力が無理なら、ハッタリ勝負。

『アイギス』の名前を出すのは癪《しゃく》に障るけど、コイツらだってSランクパーティと事を構えたくはないはず――

彼女はそう踏んだのだが、

「ク、ククク……」

「へへへ、これがホントの虎の威を借る狐ってか？　笑えるな」

盗賊たちは一様に薄ら笑いを浮かべ、バカにした様子だ。

「フシュシュ、もう知ってるんだぜ？　お前、あのパーティを追放されただろ。今のお仲間は、どこの馬の骨とも知れない優男と小娘の2人組。もっとも……アイツらも今頃、犬の餌にでもなっちまってるだろうが」

「!?　アンタたち、あの2人をどうしたの!?　もし彼らになにかあったら――ッ！」

「許さねぇってかァ？　それならホラ、魔術の1つでも使ってみろよ。Sランク冒険者の魔術師なのに、魔術が使えねぇってのはどんな気持ちだ？　フシュシュ！」

マイカを侮辱しながら、下卑た笑い声を上げるウーゴ。

彼女は悔しさのあまり、ギリッと歯を噛《か》み締める。

こうしている間にもずっと魔術を発動させようとしているのだが、一向に魔力の反応がない。

なんて、なんて不甲斐《ふがい》ない――！

マイカは自分の無力さが、ただただ恨めしかった。

「さて……無駄話はこれくらいにしようや。俺たちは、お前に聞きたいことがあんだよ」

「聞きたいこと……？　なによそれ」

「俺たちはしばらく前から、お前をマークしてた。部下が言ってたんだが、お前は極東の王族だそうだな。シロカネ一族、だっけか？　そりゃ本当かァ？」

——その名前を聞いて、マイカはビクッと両肩を震わせる。

「し……知らないわよ、そんな奴ら。人違いでしょ。アタシが王族に見えるなんて、盗賊のくせに目が腐ってるんじゃないの？」

「このクソガキ！　生意気な口を——！」

盗賊の1人がマイカの言葉に挑発されるが、ウーゴはそんな部下を制止する。

「まあいいさ、実際にその一族を脅してみりゃわかることだ。だが……ちょいと威勢がよすぎるのも、鬱陶《うっとう》しいなァ」

ウーゴは腰から鋭利なナイフを抜き取ると、マイカへ近づいていく。

そのナイフの刃がキラリと光るのを見た彼女は、初めて身をすくめた。

「——っ！　そ、そんなモノで脅しても無駄よ！　見くびらないで！」

「フシュシュ、その威勢がいつまで持つかなァ？　ガキをいたぶるのは興味ねぇが、女の悲鳴を聞くのは嫌いじゃねェ。そう怖がるなよォ、どうせ止めてって叫んでも止めてやらねぇから」

ナイフが、マイカの頬へあてがわれる。

嫌だ——怖い——

どうして？　どうしてアタシがこんな目に遭わなきゃいけないの？

いつもそうだ。いつもアタシが引くのは貧乏くじばっかりだ。

故郷にいても、この街にいても……

アタシは、いつまで怯《おび》えていればいい？

シロカネの名は、どこまでアタシを追い詰めるの？

もう嫌だ。もうたくさんだ。

助けて————誰か助けてよ————っ！

「フシュシュ……さあ、拷問の時間——」


——ドン、ドン！


ウーゴが恐ろしい拷問を始めようとした、まさにその時。

アジトの扉が、外側から叩《たた》かれた。

「！　なんだ……？」

盗賊たちの間に緊張が走る。

『グランド・ゼフト』のアジトの場所は、ウーゴを中心としたここにいるメンバーしか知らないはず。

ならば、下っ端の奴らが訪ねてくることはあり得ない。

まさか――冒険者ギルド連盟本部が、ついにここを突き止めたのか――？

盗賊たちは静かにナイフや剣などの武器を構える。

そして1人の盗賊が、扉に手を掛けた。

彼がゆっくりと、扉を開けると――

「ワンワン！」

「ワオーン！」

「ワン！　ワン！　グルルル！」

――〝犬〟だ。

何十匹という大量の犬たちが、大挙して部屋の中に突撃してきたのである。

「なっ、なんだ⁉　犬⁉」

「どうなってんだ！　どうして犬っころが――うわあ！」

「や、やめろぉ！　噛み付くな！　いだだだだっ！」

盗賊たちは次々と犬に襲われ、為《な》す術《すべ》もなく数の暴力に捻《ね》じ伏せられていく。

とはいえ、犬たちも決して盗賊たちを嚙み殺すつもりはないようだが――

「ウーゴ様ぁ、助けてくれぇ！　このままじゃ犬の餌にされちま――むごごご！」

「フ、フシュ……!?　こ、これは一体、なにが――！　まさかテメエの仕業かァ!?」

「そ、そんなワケないでしょ!?　犬を操るなんて、アタシの専門外よ！」

あまりにも突然の出来事に、流石にマイカもウーゴも困惑を禁じ得ない。

しかし、

「……違いますよ、マイカちゃん。この子たちは操られてるんじゃなくて、協力してくれてるんです」

彼女たちに答える声があった。

同時に――小犬を抱えたヴィリーネが、アジトの中に入ってくる。

「あなた……っ！　無事だったのね！」

「勿論《もちろん》です。この場所へは、この子が案内してくれたんですよ。それに助けてくれたお礼だって、友達もたくさん集めてくれたのです」

「ワフン」

相変わらずヴィリーネの頰をペロペロと舐《な》める小犬。

彼女たちはもうすっかり仲良しだ。

「フシュッ、クソッタレが――ッ！」

ウーゴは急ぎ裏口から脱出しようとするが――その扉も、外側からガチャリと開けられる。

「……逃がさないぞ、『グランド・ゼフト』の盗賊団長《ギルドマスター》。お前の悪事はここで終わりだ」

そう言って、1人の優男が行く手を塞《ふさ》いだ。

そう――アイゼン・テスラーというギルドマスターが。

――俺はウーゴを正面に見据え、彼を睨《にら》む。

「ど、どうして裏口の場所を……っ！」

「他の奴らはともかく、お前はプロの盗賊だからな。アジトには必ず複数の逃げ道があると思った。だから建物の構造を、上空からハリアーに視察してもらったのさ」

場所がわかったら、上空から大まかな出入り口を把握して、地上からは犬たちに怒涛《どとう》の勢いで攻め込んでもらう。

まさか盗賊たちも動物に攻め込まれるなんて思ってもいないだろうから、不意を衝《つ》けると踏んだんだ。
それでも逃げられたらどうしようかと思ったが——上手《うま》くいって良かった。
今頃は、カガリナが本部の人たちを呼んでくれている頃だろう。
じきに応援がここまで駆け付けてくれるはずだ。
ウーゴは俺や大勢の犬たちに壁まで追い詰められ、逃げ道を失う。
「さあ、ここが年貢の納め時だぞウーゴ。大人しく俺たちに捕まるか、それとも……」
「だ、誰が大人しく捕まってやるかよォ！　俺は〝インヴィジブルのウーゴ〟だぞォ⁉
こ、こんなところで……お前らみたいな奴らなんぞに……！」
ナイフを構え、最後まで抵抗しようとするウーゴ。
全く、諦《あきら》めの悪い奴だ。
「——【鑑定眼】」
目を瞑《つぶ》り、【鑑定眼】を発動させてウーゴを見る。

＝＝＝＝＝＝＝＝＝＝＝＝＝＝＝＝＝＝＝＝

スキル【空間歪曲《わいきょく》カモフラージュ】

光の屈折を操ることで透明になり、
姿を隠すことで隠蔽《いんぺい》率を大きく向上させる

しかし存在自体を消失させることはできないため、
音や匂いを消すことはできず、
またダメージも通常通り受けてしまう

＝＝＝＝＝＝＝＝＝＝＝＝＝＝＝＝＝＝＝＝＝＝

これが、ウーゴの〝隠しスキル〟か。

文字通り姿を見えなくする透明化の能力。

盗賊としては、これほど有用な力もないだろう。

そういう意味では〝隠しスキル〟を生かしていると言えるのかもしれないが——だから
といって、多くの人を不幸にしていい理由にはならない。

むしろ、これほど貴重なスキルの持ち主が悪の道へ走ってしまったのが……俺としては、
残念で仕方ない。

とにかく、ウーゴの能力のことはよくわかった。

これなら——彼女が対処できるだろう。

「……いいだろう、頑《かたく》なに抵抗するつもりなら——ヴィリーネ、任せるよ」

「はい、わかりました！」

ヴィリーネは抱えていた小犬を下ろし、鞘《さや》に納めたままの剣を構える。

「アイゼン様やマイカちゃんを、よくも怖い目に遭わせましたね……私は怒っています！　このヴィリーネ・アプリリア、あなたに鉄槌《てっつい》を下します！　覚悟してください！」

「なんだァ……？　小娘、テメエが俺の相手をするっていうのか？　舐められたモンだぜ、フシュシュ！」

ウーゴはゆらりと動くと、徐々にその姿を透明にしていく。

数秒もすれば、彼の身体は完全に不可視となってしまった。

『見えないってのは恐ろしいよなァ？　このウーゴ様をコケにしたこと、地獄で後悔しやがれ！』

「いいえ……後悔なんてしません。——そこです！」

ヴィリーネは目を見開き、大きく剣を振るう。

その一撃は見えないなにかにガツン！と直撃し、吹っ飛ばした。

『フジュゴァ⁉　い、痛《いて》ええええッ！　ほ、骨が折れたァ！　なんでだよ、どうして俺の居場所が……!？』

「わかります。私の【超第六感】は、相手の弱点を可視化しますから。姿が見えなくたって弱点が見えるなら、そこを叩けばいいだけです」

やっぱり、思った通りだ。

ヴィリーネの【超第六感】と【空間歪曲カモフラージュ】は相性が悪い。

光を曲げて姿を隠せるのは、逆に言えば姿しか隠せないってことでもある。

それに対して本来見えない〝弱点〟が見えるヴィリーネの能力は、どれだけ透明になっても対象の居場所を露呈できる。

ヴィリーネの前では、透明化などあってないようなモノだ。

直接対峙《たいじ》すれば、ウーゴに勝ち目はない。

『こ、こ、こォのクソガキャ……っ、殺してやる！　ぶっ殺してやるぞオオオオオッ!!!』

「……いいえ、終わりなのはあなたの方です、盗賊さん！　――えいッ！」

ヴィリーネが、剣を突き込む。

俺の目には、なにもない空間を彼女が突いたようにしか見えない。

だが――鞘に納められたその切っ先は、確実にウーゴの急所を捉《とら》えていた。

「フ……シュ……ッ」

徐々に透明化が解除され、その姿を露《あら》わにするウーゴ。

ヴィリーネの剣は彼のみぞおちに直撃しており、ウーゴは胃液を逆流させつつ呼吸困難となり——そのまま失神する。

ドサリと倒れるウーゴの身体。

他の盗賊たちも、犬の皆が完全に押さえ込んでくれているし——

「ふぅ……これで一件落着だな。マイカ、大丈夫か？」

「だ、大丈夫だけど……アンタたち、どうして助けに来てくれたの……？　アタシは仲間になるのを渋ったのに……」

「でも、キミは『グランド・ゼフト』を捜すのを手伝ってくれたじゃないか。それだけでも十分に助ける理由になると思うけど？　ヴィリーネ、この枷《かせ》の鍵《かぎ》がどこにあるかわかるかい？」

ヴィリーネは「はい！」と答えると、ウーゴのポケットから鍵を取り出して俺に手渡してくれる。

うーん、相変わらず便利な能力だ。

「そうですよマイカちゃん。それに——私たちはもう友達じゃないですか！」

「とも……だち……？」

俺はマイカを拘束する枷を外しながら、

「ああ、友達だ。仲間でなくても、友達ならなれるだろ？　だったら助け合わなきゃな」

ニカッと笑って見せた。

その直後、カガリナが本部の冒険者を連れてアジトまでやってくる。

これによってウーゴを中心とした『グランド・ゼフト』のメンバーは全員逮捕され――

盗賊ギルドの一件は、無事幕を閉じた。

◇◇◇

「いやはや……一時はどうなることかと思ったけど、とにかく皆無事でよかったよ。まさかこれほどの騒動になるなんてな……」

「本当に、今更ながらビックリです。ねー、ワンちゃん♪」

「ワフン！」

相変わらず仲良しのヴィリーネと小犬。

この感じだと『デイトナ』まで連れ帰ってしまいそうだな……

――事件後、『グランド・ゼフト』のアジトを突き止めて全員を捕縛したことに関して、俺たちは本部で聞き取りを受けていた。

とはいえ『グランド・ゼフト』を捕まえたことはとても深く感謝&称賛され、冒険者ギルド連盟は後日改めて感謝状と報奨金を贈呈してくれるという。

いやぁ、善行はするものだなぁ。

……できれば、もう二度と盗賊ギルドとは関わりたくないけど。

そんなワケで俺、ヴィリーネ、マイカ、カガリナの４人は現在本部内の長い廊下を歩いている。

「まったく、都会でなにをしてたのかと思えば、まさか盗賊ギルドを追ってたなんて……。いきなり巻き込まれたこっちの身にもなってよね」

「キュイー！」

「アハハ、カガリナもハリアーも悪かったよ。でも、お前たちがいてくれなければどうなっていたことか……本当に助かったよ、ありがとう」

「……フンだ。ご飯奢《おご》るって約束、忘れないでよ。できるだけ高い料理を食べさせてもらうんだから」

おおう、マジか……

まあ、今回の功績者は間違いなく彼女なんだし、奮発は惜しむまい……

「……マイカも、すまなかったな。こんな危険なことに巻き込んで。怖かっただろう」

「別に、全然怖くなんてなかったわ。それに協力するって決めたのはアタシの方よ。アンタが責任を感じる必要なんてないわ」

まるで何事もなかったと言わんばかりに、平気な顔で言い切るマイカ。

うーん、相変わらずの強がりだな……

本当はメチャクチャ怖かっただろうに……

「――なにはともあれ、俺たちは『グランド・ゼフト』を本当に捕まえたんだ。これで『追放者ギルド』の再申請も受けてもらえるだろ。……あの嫌味なオヤジがマトモに取り合ってくれればな」

そう、マイカを助けることで頭が一杯で忘れかけていたが、そもそも俺たちはギルド創設の再申請のために動いていたのだ。

巡り巡って、本来の目的は無事達成。

これだけ苦労したのだ……また異常者扱いされて門前払いなどされたら、流石の俺でもキレる。

あの中年オヤジめ、もしまた同じことを言ってきたら直訴してやるぞ……

なんて思いながら歩いていたのだが、

「――ア、アイゼン様！　アイゼン様はまだおられますでしょうかあ⁉」

廊下の向こうから、あの時の中年男性が滝のように汗を流しながら走ってくる。

なんだ――？　と思ったのも束の間、

「先程は、先程はたいっっっっへん失礼を致しました！　あなた様が総代の、、、恩人だったなどとは露知らず……！　『グランド・ゼフト』の件、まことにお見事でございます！　謹んで、申請は受理させて頂きます！　入会金も結構です！　本当に申し訳ございませんでした！」

彼は子供のように泣きじゃくりながら俺の目の前で土下座し、床に頭をこすり付ける。

その様子はあの時の高圧的な態度が嘘のようで、まるで別人だ。

っていうか、今なにか妙なこと言わなかった？

「は、はぁ？　なんだ、これはどういう風の吹き回し――」

「ひぇッ！　ど、どうかお許しをっ！　総代のお怒りはもう十分……！　これ以上は降格と減給と本部からの異動だけじゃ済まなくなるぅ！　頼むから許してぇ！」

なりふり構わず許しを請う中年男性。

マジでなにがあったんだ……？

まさか本当に総代まで話が行ったとか？

だとしたら、本部の前で出会ったお爺《じい》さんの言っていたことが現実となってしまった。

しかし、俺が総代の恩人っていうのはどういう……

「や――やったぁ！　やりましたね、アイゼン様っ！　これで本当に、『追放者ギルド』が正式に認められたんです！　もう感無量ですぅ！」

喜びを表現するように、ピョンピョンと飛び跳ねるヴィリーネ。

「なによ、まだ申請済んでなかったの？　と、とにかくおめでとう……これから精々頑張りなさいよね……」

カガリナも困惑しつつも祝ってくれる。

相変わらず、言い方が微妙に素直じゃないが。

――そうだな、過程はどうあれとにかく申請が受理されたんだ。

これで、本当の意味で『追放者ギルド』は創設されたことになる。

ようやく胸を張って、マイカにも加入してもらうことができそうだ。

「なあ、マイカ――」

俺はマイカの方へと振り向く。

だが――彼女はギルド創設を喜んでくれている様子はなく、俯《うつむ》いたまま暗い表情を浮かべていた。

「その……おめでとう。……ゴメン、やっぱりアンタと2人だけで話がしたいの。お願い……」

俺に対して、力なく言う。

「……わかった。ヴィリーネ、カガリナ、先に本部の入り口へ向かっててくれないか？　俺たちも後で追い付くから」

ヴィリーネが気を遣った様子で「わかりました」と答えてくれると、カガリナを連れて歩いていった。

――俺はマイカを連れて本部の中庭まで赴き、設置されたベンチに一緒に座る。

夜だからか周囲に人の姿はなく、昼間の喧噪《けんそう》が嘘のように静かだ。

ふぅ～、と彼女は深く息を吐く。

「……アタシ、アンタたちに秘密にしてたことがある。それが原因で、今回の事件が起きたの。だから謝らなきゃいけないのは、アタシの方……」

「その秘密っていうのは、もしかしてキミが極東の王族の生まれだってことかな？」

「！　どうしてそれを――っ」

「『グランド・ゼフト』の盗賊が言ってたんだ。だからキミを狙ったってさ。能力を隠そうとしてたのも、俺たちの仲間になるのを渋ったのも――それが理由かい？」

コクリ、とマイカは頷《うなず》く。

どうやら、彼女は心の中にとても重いモノを抱えているようだ。

「……聞かせてくれないか？　キミは何故そこまで出自を隠そうとする？　極東のお姫様って公表すれば、冒険者ギルド連盟だって護衛を付けてくれるだろうに。それでパーティを結成することだって難しくないはずだ」

「そういうワケにいかないのよ、アタシの場合は」

マイカはぎゅっと自らの手を握る。

まるで、怯《おび》えているみたいに。

「……アタシのことを知れば、またアンタたちに迷惑をかけるかもしれない。命を狙われる可能性だって……それでも……聞いてくれる……？」

「勿論《もちろん》だ。ヴィリーネも言ってたろ、俺たちは友達だって。だったら悩みは分かち合わなきゃな」

「アンタ――やっぱりバカね……大バカ者だわ」

「ああ、バカで結構。だって俺が目指してるのは、そういうギルドマスターなんだからな」

俺は腕を組み、堂々と笑って言う。

仲間や友達が抱える秘密の1つや2つ背負えなくて、なにがギルドマスターなものか。

そりゃまだギルドとして正式に発足はできてないけど、それくらいの心構えはできてるつもりだ。

そんな俺の気概を知ってか知らずか、マイカはゆっくりと口を開く。

「……アタシの〝マイカ・トライアンフ〟って名前は偽名でね、本当の名前はマイカ・シロカネっていうの。この辺りじゃ知名度がないけど、極東にはシロカネ一族っていう地域一帯を支配する王族がいるのよ。アタシは……その一族の中心でもある巫女《みこ》の家系に生まれた。シロカネの巫女は先祖代々、外敵から領土を守る戦士たちに祝福を与えてきたわ」

「ってことは、まさかそれが――」

「ええ、アンタが〝隠しスキル〟と呼ぶ【巫《かんなぎ》の祝福】の能力なのよ」

なるほど、道理で彼女が自分のスキルを認知していたワケだ。

元々がそういった能力を持つ者を輩出する家系であり、マイカも昔から能力に関して教育を受けてきたのだろう。

……ははぁ、少しだけ読めてきた。

「もしや……その能力をシロカネ一族は秘密にしていた？」

「流石、察しがいいわね。強力な【巫《かんなぎ》の祝福】を独占し、余所《よそ》者に使われないようにするために一族は巫女を軟禁していたの。言い換えれば幽閉ね。……でもアタシにとって、あの日々は地獄だったわ」

マイカは、杖《つえ》を持つ手をぎゅっと握る。

「アタシには……妹がいてね。その子の方がより強力な効果の【巫《かんなぎ》の祝福】を戦士に与えることができたのよ。だからどうしても周囲から見比べられて、アタシはずっと肩身の狭い思いをしてきた」

「……いつどんな場所でも、人は比較をしたがるってことだな。それは辛《つら》かったはずだ」

「ええ、だからアタシは出奔《いえで》したわ。二度と戻らないと胸に誓って、屋敷を抜け出した」

彼女は杖を膝《ひざ》の上に置いて、それを擦る。

「それにね、アタシはずぅっと冒険者に憧《あこが》れてたの。自分の意志で自由に生きて、自分の意志でどこへでも行ける、そんな冒険者に。一応本を読む時間だけはたくさんあったし、魔術の知識は頭に入ってたから、今では念願叶《かな》って冒険者になれているけど――」

「もし万が一にでも、キミの出自や能力の噂が広まったりすれば――『グランド・ゼフト』みたいな連中に目を付けられるだろうな。あるいは噂を聞きつけた一族に連れ戻される、か……。それは迂闊《うかつ》に他人に話せないワケだ」

俺はとても腑《ふ》に落ちた。

マイカの能力は、誰が見ても有用で貴重な能力だ。

そんな能力の持ち主がいると知られれば、噂はあっという間に広まるだろう。

夢だった冒険者を続けるためには、秘密にするしかなかったのだ。

「アタシが『アイギス』に所属していたのも、Sランクパーティなら手出ししてくる輩《やから》もいないと思ったからなの。それにこの街なら、シロカネ一族の目も届かないし。でも……アタシの能力で『アイギス』は急伸し、そして能力を隠していたせいでアタシ自身が追放されて、結果的に自分の首を絞めるなんて……とんだ皮肉だわ」

——そう語るマイカの瞳《ひとみ》は、どこか寂しそうだった。

彼女は夜空を見上げると、

「……アンタ、アタシをギルドの一員にしたいって言ってたわよね。悪いコトは言わないから、諦《あきら》めなさい。アタシと一緒にいると、アンタたちまで危険に晒《さら》される。今日起きたことは全部忘れて、新しい団員を探すの。それが……『追放者ギルド』のためよ」

冷たい口調で、諦観《ていかん》するように言った。

けれど、彼女が発した言葉の中には拒絶が含まれていない。

むしろ俺たちのことを案じてくれている。

それが彼女の優しさなのだろうが——俺には、彼女が最後まで本心を隠そうとしているような気がした。

　俺はベンチから腰を上げ――マイカの前に立つ。

「マイカ……キミが俺たちを心配してくれるのは嬉《うれ》しいよ。だけど、もう一度ハッキリと言う。〝マイカ・トライアンフ〟――キミには『追放者ギルド』の３人目の団員になってほしい。俺は、キミに〝仲間〟になってほしいんだ」

　彼女の瞳を見据えて、俺は言い切った。

　極東の王族？　ギルドが危険に晒される？　そんなの知ったことか。

　彼女は『追放者ギルド』に絶対に必要な人材だ。

　それは決して〝隠しスキル〟の能力だけではなく、彼女自身の人間性も含めて。

「――ッ！　アンタ、どうして……っ！」

「そりゃあ当然、マイカが『追放者ギルド』に必要だからさ。そもそも前に言っただろ、『追放者ギルド』は追放者の新しい居場所だって。キミが今本当に欲しいモノって、その〝居場所〟なんじゃないかな」

「居場所……アタシの……？」

「俺たちが、キミの帰るべき場所になるよ。今はまだ頼りないかもしれないけど、約束する。『追放者ギルド』を、マイカが心の底から安心していられる場所にするって」

そこまで話すと、俺は彼女に背を向ける。

言うべきことは全て伝えた。

後は、彼女が答えを出すだけだ。

「……今夜中に、俺たちは『ビウム』を出る。キミも一晩考えてみてくれ。そしてもし加入してくれる気になったら、『デイトナ』って街に来てほしい。そこの冒険者ギルド『アバロン』はカガリナが受付をやってるから、俺と引き合わせてくれるはずだよ。それじゃ——また会おう」

そう言い残し、俺はその場を去る。

本音を言えばすぐに彼女を仲間に迎えたかったけど——彼女にも心の整理をしてほしい。

それに確信があるんだ。

彼女は、マイカ・トライアンフはきっと『追放者ギルド』に入ってくれる。

そして、かけがえのない存在になってくれるはずだ、と。

そう思いながら、俺はヴィリーネたちが待つ場所へと歩を進めた。

◇　◇　◇

アイゼンがいなくなった後、マイカは何時間も同じベンチの上に座っていた。

時間の許す限り、ポツンと1人きりで。

そんな彼女の胸に、故郷での記憶が去来する。

〝同じ血を引く姉妹なのに、どうしてこうも差があるのかしらねぇ〟

〝シロカネ一族の巫女は妹様だけで十分じゃないかしら〟

――聞きたくもないのに聞こえてくる、小間使《こまづか》いたちの陰口。

公の場で妹と並ぶと必ず感じる、落胆と失望の眼差《まなざ》し。

あの日々を今でも鮮明に思い出す。

そして妹の口から出た、冷たい言葉。

〝姉様は――役立たずなのですか？〟

幼い妹から向けられた視線に、もう耐えられなくなった。

シロカネ《ここ》には、もういられない。

シロカネ《こんなところ》には、もういたくない。

警護の目を搔い潜って屋敷を飛び出し、自由を手に入れた。

そして憧れていた冒険者にもなることができた。

今日という日まで、そこに後悔を感じたことはない。

だけど――未《いま》だに一族の影と記憶に怯え続けている。

そんな不安をかき消そうとSランク冒険者まで上り詰めて、強力なパーティの一員になることもできて……

でも、心の奥底にある暗い気持ちは消えてくれなかった。

すぐ傍にはクレイたちがいたはずなのに、ずっと孤独を感じ続けていた。

たぶん……心のどこかで、もう諦めていたんだと思う。

アタシはいつまでも孤独なままなんだろうなって、アタシのことを理解してくれる人なんていないんだって。

そう思っていたのに――

〝俺たちが、キミの帰るべき場所になるよ〟

……温かかった。これまでに感じたことのない気持ちだった。

アイツはアタシの全てを知っても、一切の否定をしなかった。

アイツは、アタシを理解しようとしてくれた。

彼なら……アイゼン・テスラーなら、アタシを孤独から救ってくれるのだろうか。

彼なら、アタシを役立たずと呼ぶことはないのだろうか。

……ううん、違う。アイツが与えてくれたのはきっかけだ。

もう隠すことがなにもないなら、過ちを繰り返すかどうかもアタシ次第。

「……アタシは、もう昔のアタシとは違う。変わってやろうじゃない、アンタの下で」

過去との決別。

その決意を胸に——マイカはベンチから立ち上がった。

第3章　居場所

「それでは——『追放者ギルド』の設立を祝って、カンパーイ！」

俺は麦酒《ビール》がなみなみと注がれた樽《たる》ジョッキを片手に、宴の開始を宣言する。

「はい！　カンパーイ！」

「……乾杯」

ノリノリで樽ジョッキを掲げるヴィリーネと、微妙にテンションが低いカガリナ。

——俺とヴィリーネが『デイトナ』に戻ってきた晩、そのまま冒険者ギルド『アバロン』の建物内で打ち上げを開くことになった。

というか、カガリナがギルドの受付を閉めるタイミングを見計らって「打ち上げをやろうぜ」と懇願した。

だってめでたいじゃん？

経緯はどうあれ、無事に『追放者ギルド』がギルドとして活動を開始できたんだし。

今は俺たち3人以外ギルド内に誰もおらず、貸し切り状態だ。

「ちょっと、なんでアンタたちの設立祝いをウチでやんなきゃならないのよ。それにどうしてアタシも参加してるワケ？」

「まあまあ、固いコト言うなよ。それにカガリナの活躍があってこそ『グランド・ゼフト』の一件も解決したんだしさ。それに祝い事は、１人でも人数が多い方が楽しいだろ？」

「そうですよカガリナさん！　今日は偉大なアイゼン様がギルドを創った、その記念日なんですから！」

テンションの低いカガリナとは対照的に、ヴィリーネは既にできあがっているんじゃないかと思えるほど楽しそうだ。

あ、ちなみに未成年の彼女が飲んでいるのはぶどうのジュースなんだけど。

「素敵です……追放者が偏見の目で見られることなく、本当の力を発揮できる理想郷……。アイゼン様なら、多くの追放者の道を照らしてくれると信じています……！」

樽ジョッキを掲げ、うっとりとするヴィリーネ。

……凄《すご》く期待されちゃってるなぁ。

いやまあ、実際そんなギルドを築いていくつもりではあるけど。

ここまで信頼されたら、期待は裏切れないよな。

俺も改めて気合いを入れないと。

「全く、偉くなったもんね。学生時代はずっとぼっちだったくせに、いつの間にこんな純粋な子をたらし込むようになったんだか」

「人聞きの悪い言い方はやめてくれよ。せめて隠れた才能を見抜いてスカウトしたって言ってほしいね」

どっちでも変わんないでしょーが、と突っ込むカガリナ。

彼女は小さくため息を吐くと、

「……アンタは本当に、昔っからブレない奴だわ。低ステータスの追放者には価値があるんだって、そんな追放者のためにいつかギルドを創るんだって、そう言い続けて……今では本当にギルドマスターになっちゃった。バカよね、本物の」

「そりゃ褒め言葉だな。自分の決めたことに対して、それだけ真っ直ぐに突っ走ったってことだし」

「その真っ直ぐさのせいで教員共から嫌われてたのは、どこの誰かしら？　頑固者のジェルマン先生の時なんて、授業内容に抗議して廊下に立たされてたじゃない」

「ああ、あったあったそんなこと。あの時は腹が立ったよ。懐かしいなぁ」

グイッと麦酒をあおる俺。

いやぁ、思い返せば学生時代にも色々なことがあったよ。

その大半がイヤな思い出だけど……それも過ぎ去った今となっては、懐かしさすら感じるな。

郷愁に浸る俺に対して、カガリナはジョッキをテーブルに置いたまま、

「……ねぇ、覚えてる？　アンタとアタシが、初めて育成学校で出会った時のこと」

「ん？　確か、小さな鳥がお前に話しかけてて――」

「〝鳥の言葉がわかるのに、どうして無視してるんだ？〟って、それが第一声。こっちは女友達と楽しく話してたのにお構いなし。あの時は、心の底から驚いたわ……」

しみじみと語るカガリナ。

――ああ、ハッキリと覚えてる。

カガリナはベンチに座って友達と話していたんだけど、彼女のすぐ傍に小鳥が止まってずっとさえずってたんだ。

人間に慣れている鳥ならそういうこともあるだろうが、その時の小鳥はずっとカガリナの方を向いて、一向に離れようとしなかった。

その光景は、まるで話しかけているみたいだって――そう思ったんだよな。

俺は興味が出て、【鑑定眼】でカガリナを見てみた。

そうして彼女が本当は小鳥の言葉を理解できていると知って、思わずそんなことを聞い

たんだ。

「あの頃のアタシは、自分に嘘を吐いてた。動物の言葉なんて聞こえないって、わかるワケないって。皆そう言ってるんだから、アタシもそう思わなきゃおかしい――そう自分に言い聞かせてた。今になって思えば、アタシもアンタに救われたうちの1人なのかもね」

もっとも、アタシは冒険者じゃないけど、と付け加えるカガリナ。

「それはお互い様だ。カガリナと出会うまで、誰も俺の言うことを信じてくれなかったからな。あの時お前が俺の言葉を信じてくれたから、今の俺がいるって言えるのかもしれない。――ありがとうカガリナ、俺はいい友人を持ったよ」

「いい友人、か……。フンだ、それなら精々その友人様を大事にしなさいよね」

「ああ、そうさせてもらうよ」

俺たちが昔話に花を咲かせていると、

「むぅ～～～……」

顔を赤くしたヴィリーネが、ぷく～っと頰を膨らませながら俺たちを睨《にら》んでくる。

なんか、心なしか酔っているように見えるのは気のせいだろうか……？

「ヴィ、ヴィリーネ……？　どうしたんだ……？」

「別に、どうもしませんよぉ……。でもなんだか、私だけ仲間外れにされてるみたいでぇ……。お2人だけの世界に入っている感じが羨《うらや》ましいな～なんて、思ってないですからぁ……」

俺とカガリナが昔話を始めたせいで、彼女はどうやらヘソを曲げてしまったらしい。

これは申し訳ないことをしてしまったな、と思うが――

「でもぉ……カガリナさん、その気持ちは私にもわかります。私もアイゼン様のおかげで自分を変えることができましたからぁ。カガリナさんにとっても、アイゼン様は大事な理解者なんですよねぇ」

「んなっ⁉ り、理解者ぁ⁉ 違うわよ！ 全っ然違うから！ コイツはアタシの気持ちなんて1ミリもわかってないんだから！」

何故かヴィリーネ以上に顔を真っ赤にして反論するカガリナ。

いや、そりゃあカガリナの気持ちを全部理解できているとは言わないが、そこまで否定されるとそれはそれで傷付くなぁ……俺ってそんなに無理解だろうか……

しゅんとする俺を余所《よそ》に、

「ああもうっ、この話は終わり！ ところで、アイゼンが『ビウム』で助けた追放者はいつ『追放者ギルド』に加入するのよ？」

カガリナはワザとらしく話の腰を折り、聞いてくる。

――彼女の言う〝『ビウム』で助けた追放者〟とは、勿論《もちろん》マイカのことだ。

「さあな、そもそも加入するかを決めるのも彼女の意思だし。でも――たぶんあの子なら、すぐに決断してくれると思うよ」

「楽しみです！　また1人、追放者が救われるのですね！　ああ、今日はなんて幸せな日でしょう！　いえ、アイゼン様と出会えてから、私は毎日が幸せですぅ！」

樽ジョッキのぶどうジュースをあおりながら、幸せそうにフラつくヴィリーネ。

……やっぱり酔ってる。確実に酔っぱらってるよ。

おかしいなぁ、彼女の飲み物にはアルコールは入ってないはずなんだけどなぁ。

カガリナも同じことを思ったらしく、

「ちょっとヴィリーネちゃん、あなた一体なにを飲んで――って、これジュースじゃなくて普通にワインじゃない！　あなたお酒飲んでたの⁉」

「そうですねぇ～とっても美味《おい》しいれすよぉ～ふへへ～」

「あ～もう、どこで入れ違ったのか……ほらヴィリーネ、お水飲んで……」

「はぁ～い、アイゼン様はお優しいですぅ～♪」

完全に出来上がりつつあるヴィリーネ。

もしかしたら、将来は酒乱の気があったりして？

……いや、そんなヴィリーネの姿は想像しないでおこう。うん、そうしよう。

そんな感じで、俺たちの打ち上げが宴もたけなわになっていると――

「ようよう、賑《にぎ》わってるじゃねえか若ぇ衆《わけ》。オレも交ぜてくれよ」

男性の声が聞こえた。

その声の主は――カガリナの父親にして、〝四大星帝《クアッド・マスターズ》〟の1人。

大手冒険者ギルド『アバロン』を率いる偉大なるギルドマスター、ライドウ・カグラ。

「ライドウさん！　お久しぶりです！」

「ああ、久しぶりだなアイゼン。少し見ない内に男前になったか？　カガリナが惚《ほ》れ込むのもわかるぜ」

「だっ、誰が惚れ込んどるか！　適当なこと言うな、このクソ親父！」

カガリナは顔を赤くしてライドウさんに突っ込む。

そうかそうか、カガリナも少しは俺のことを認めてくれているんだな。

そいつは嬉《うれ》しい限りだ。

ライドウさんは俺たちの向かいの席に腰掛け、

「よっ、と……。聞いたぜ？　『ビウム』で盗賊ギルドをとっ捕まえたらしいじゃねぇか。

それにその様子じゃ、無事に『追放者ギルド』の申請もできたみたいだな。楽しみにしてるぜ？　お前に期待してる奴は、意外と多いんだからよ」

「は、はぁ……」

意外と多いって、それってこの場にいるメンバー以外に誰かいるのだろうか？

なんて質問を返す間もなく、

「しかし、これから活動は本格化していくワケだ。なんか当面の予定はあんのか？」

「いえ、とりあえずは仲間を集めなきゃって思ってるくらいで……」

俺の答えを聞くと、ライドウさんは「そうかそうか」と不敵な笑みを浮かべる。

「仲間集めも大事だが、追放者1人1人に声を掛けてちゃ時間がかかり過ぎる。お前もギルドの旗を掲げたんなら、『追放者ギルド』の名を売って追放者たちが自分から来るように仕向けなくちゃならねぇ。違うか？」

「それは……そうかもですが……。でも、そんな簡単に名を上げる方法なんてないですし……」

「そいつはわかんねぇぞ？　――お前さん、アクア・ヒュドラって知ってるか？」

◇　◇　◇

アイゼンが『ビウム』の冒険者ギルド連盟を訪れた日の、その夜のこと――

「は――はぁ!?　アイゼンの坊主たちに、例のアクア・ヒュドラの討伐を任せろだって!?」

半透明な通唱石《つうしょうせき》に対し、ライドウは驚愕《きょうがく》の声を浴びせる。

その石に映るのは、1人の老齢の男性――そう、ジェラークだ。

『ああそうだ。今日、本部の前で彼と会った。彼が見出《みいだ》した者たちならば、あの強敵を倒してくれるだろう』

「おいおい、質《たち》の悪い冗談だぜ……！　アイツがスカウトした追放者は、まだ1人しかいないんだぞ!?　いくらなんでも――！」

『……感じたのだよ、天の計らいというモノを。お主も聞いただろう。我らがあれほど手を焼いた『グランド・ゼフト』を、彼が捕まえてしまったことを。……彼は必ずや偉大なギルドマスターとなる。それにワシの勘が正しければ、彼の下にはすぐに仲間が集うはずだ。それもとびきり逸材の、な……』

嬉しそうに語るジェラークに対し、ライドウは頭を抱える。

冒険者ギルド連盟の総代が無茶振りをしてくることは今に始まったことではないが、この話はあまりに荒唐無稽《こうとうむけい》に聞こえたからだ。

『なに、彼ならやってくれるさ。ワシはそう信ずる。――言いたいことはそれだけだ。彼らのバックアップを頼むぞ、〝霹靂《へきれき》の大狼《おおかみ》〟よ』

そう言い残して、ジェラークは通信を切る。

それを見たライドウは「ああ、クソ！」と大きく舌打ちした。

総代たるジェラークが彼を昔の渾名《あだな》で呼ぶのは、〝期待に応《こた》えてくれよ〟という意思表示――というより圧力であるからだ。

「タヌキじじいめ……そんなのアリかよ……。――でもまあ、あの人の勘が外れたことはねぇんだけどさ」

◇　◇　◇

「アクア・ヒュドラって……それは知ってますけど、Ｓランクパーティでも苦戦する高位モンスターですよね。昔育成学校で聞いた話じゃ、熟練の冒険者でも敗れるレベルとか。それがなにか？」

「ああ……単刀直入に言うぜ。アイゼン、お前の『追放者ギルド』でアクア・ヒュドラを狩る気はねぇか？」

――テーブルを囲む俺たちに、沈黙が流れる。

俺、ヴィリーネ、カガリナはそれぞれライドウさんの言葉の意味を汲《く》み取って、脳内で思考を回し、ポクポクポク……と考え――

「アッハハハハ！　やだなぁライドウさん、いつからそんな冗談言うようになったんですか！」

「も～親父ったら、まだお酒も飲んでないのに酔ってるの？　気が早いわよ、アハハ！」

「そうですよぉ～、いくらなんでも、アクア・ヒュドラだなんてぇ～。私、失神しちゃいますよぉ～」

酒の席のジョークだという結論に至り、３人揃ってケタケタと笑う。

――だが、

「ハハハ！　そうだな、クソッタレの冗談みてーな話だ！　……だが、冗談抜きに頼むと言ったら――どうするよ、『追放者ギルド』のギルドマスター？」

――ライドウさんの目が、真剣そのものになった。

バンダナの奥の瞳《ひとみ》を見た俺たちから、一瞬の内に笑いが消える。

「う……嘘ですよね？　まだ出来たばかりの新興ギルドに、あのアクア・ヒュドラと戦えだなんて……！」

「どういうワケか、少し前から低難易度の洞窟《どうくつ》ダンジョンにアクア・ヒュドラが住み着いちまってな。Ｄランクや Ｃランクの冒険者パーティが次々襲われて、えらいことになってる。そこで冒険者ギルド連盟は緊急討伐依頼を発布した。報酬は金貨千枚、早い者勝ち。難しい依頼であることに違いないが、俺はお前さんを1人のギルドマスターと見込んだ上で任せたい」

――バンッ！とカガリナがテーブルを叩《たた》き、震えながら立ち上がる。

「ちょっと親父ッ！　いよいよ頭がおかしくなったワケ!?　そんなの、アイゼンたちを殺すようなもんじゃない！」

「そうとも限らねぇぜ？　実際、『追放者ギルド』には優秀な団員がいるしな」

チラリ、とライドウさんはヴィリーネの方を見た。

「は……はひゅううう〜〜〜……」

宣言の通り、ヴィリーネは失神する。

さっきまでの酔いも一瞬で醒《さ》めたようで、椅子に座ったままバタン！と床へ倒れた。

可哀想に……プレッシャーに耐えられなかったんだな……

あとでちゃんとフォローを入れてあげよう……

ライドウさんはテーブルの上で指を組みなおし、

「噂じゃあ、ヴォルクもお抱えのSランクパーティにアクア・ヒュドラ討伐の準備をさせてるらしい。確かアイ……なんとかってパーティだったか？　とにかく途方もなく危険な依頼だが、コイツを倒せば界隈《かいわい》で一気に名が売れるだろう。同時に追放者の認識を覆す、千載一遇のチャンスだ」

「い、いや……いくらなんでも、無理ですよ……！　俺は戦力になんてならないし、ヴィリーネ1人じゃ――っ！」

「へえ、それじゃあ2人ならどうかしら？　変わり者のギルドマスターさん」

――そんな女の子の声が、俺たちの会話に割って入る。

そして建物の入り口で、銀色の尻尾《しっぽ》がしゃらんと揺れた。

「マ――マイカ！」

「……決めたわよ、マスター。アタシは『追放者ギルド』に入る。『ビウム』での借り――返させてもらうわ」

入り口に立っていた獣人族の少女――それは見紛《みまが》うことなくマイカ・トライアンフその人だった。

マイカはスタスタとこちらに歩み寄ってくると、

「ちょっとだけ話を聞かせてもらったわ。アクア・ヒュドラを狩るんですって？　面白い、やってやろうじゃない」

俺の隣に立ってテーブルに手を置き、フフンと不敵に笑って見せる。

「……信じてたよ、絶対来てくれるってな」

「ええ……待たせちゃったわね。でも、もう大丈夫。アタシはアンタの言葉を信じることにした。だからアタシの全てを、アンタに預けるわ。これからは――『追放者ギルド』が、マイカ・トライアンフの居場所よ」

そう話す彼女の瞳には、一点の曇りもない。

本当に吹っ切れた様子だ。

よかった……マイカも、自分の中の葛藤《かっとう》に答えを出せたんだな。

「それで、『追放者ギルド』で戦えるのはアタシを含めて2人なんでしょ？　あの女の子はどこに――」

マイカはキョロキョロと見回し、ヴィリーネの姿を捜す。

だが、俺たちは一様にテーブルの下を指差した。

「ふ……ふぇあ……」

まだ気絶したまま床に倒れ、目をグルグルと回すヴィリーネ。

よほどアクア・ヒュドラと戦う未来が恐ろしかったんだろうな……

マイカは不安気にヴィリーネの頬をツンツンと触り、

「……この子、どうしちゃったの？　ウーゴと戦ってた時は、あんなに勇ましかったのに……。ホラ先輩、起きて」

「ふぁ……？　あ、あれ？　あなたは……」

「おはよう、ヴィリーネ先輩。アタシも『追放者ギルド』に入ることにしたから。アクア・ヒュドラ討伐——一緒に頑張りましょうね」

パチッとウィンクするマイカ。

ヴィリーネはしばし寝惚《ねぼ》けたまま、

「……先輩…………せ、先輩ぃ!?　ど、どういうことですかぁ!?」

起きた途端に後輩ができてしまった状態に、激しく狼狽《ろうばい》するヴィリーネ。

相変わらず可愛らしい反応をしてくれるなぁ。

そんな俺たちのやり取りをみたライドウさんは、愉快そうにフッと笑った。

「いやはや、コイツぁ……やっぱり、あのジジイの勘は外れねぇってかい」

◇　◇　◇

アイゼンたちの『追放者ギルド』に、マイカが加入する数時間ほど前——

「フン……アクア・ヒュドラか、このクレイ様と『アイギス』の相手として、不足はない」

マイカを追放し、ヒルダという死霊使《ネクロマンサー》いをパーティメンバーにした『アイギス』は件《くだん》の洞窟ダンジョンへ踏み込んでいた。

ヴォルクがアクア・ヒュドラ討伐を準備させていたSランクパーティ、それこそがクレイをパーティリーダーとする『アイギス』だったのだ。

「ヴォルク様が『アイギス』の実力を見込んで任せて下さったこの依頼……手早く終わらせて、我らが力を証明してみせねば。なぁ、サイラス？」

「ああ、勿論《もちろん》だ。なぁに、この俺がいればアクア・ヒュドラの攻撃なんぞ簡単に無力化できるんだ。多頭の蛇など、雑魚《ざこ》も同じよ」

まるで余裕の態度を崩さず、洞窟を奥へと進む2人。

——もっとも、この余裕は新メンバーを前にカッコつけたいだけなのだが。

「頼もしいわぁ、2人とも♪　もしかすると、私の出番はないかしらぁ……」

「そんなことはないぞ、美しいヒルダよ。お前の恐ろしき屍術《しじゅつ》、存分に振るうがいい」

まるで警戒する様子もなく、いつも通りの仕事だとばかりに彼らは進む。

そして——洞窟を抜け、巨大な地底湖のある開けた場所へ出た。

湖は一見すると静まり返っており、静寂そのもの。

だが、その静寂は偽りであると3人はすぐに見抜いた。

『シュルル………ショオオアアアアアアアッ!!!』

クレイたちの気配を察知したのか——湖の水面の下から甲高い鳴き声と共に巨大な蛇の頭が出現する。

それも1つ、2つ、3つ——合計7つの頭を持つ巨大な多頭の怪物が、その全貌《ぜんぼう》を露《あら》わにした。

「ほう……ヒュドラは9つの首を持つはずだが、アクア・ヒュドラは7つなのだな」

「そりゃ楽でいい、潰《つぶ》す頭の数が減るからな」

『ショアアアア!』

アクア・ヒュドラの首の1つが大きく口を開け、魔力で水を圧縮する。

大型モンスターがよく使う、ブレス系の魔術を使う気だ。

それを見たサイラスが前へ出て、大きな盾を構える。

「よし、2人共下がってろ!　あんな攻撃いつも通り、この俺の盾で——ッ!」

次の瞬間、アクア・ヒュドラの口からウォーター・ブレスが放たれる。

その刃《やいば》の如く鋭いブレスは——大きな盾ごと、サイラスの身体を真っ二つに両断した。

「サ――――サイラスッ⁉」

クレイが彼の名を叫ぶ。

悲鳴を上げることすらなく、地面へと倒れるサイラスの巨体。

彼自慢の大盾は薄紙のように切断され、全くと言っていいほど防御の意味を成さなかった。

アクア・ヒュドラの強力なウォーター・ブレスを受けたサイラスは――文字通り即死したのである。

「な……な……なんでだよ……？　おい、サイラス！　悪い冗談はやめろ！　早く立って、陣形を立て直せ！」

クレイは信じられなかった。

だってこれまで、彼は何度もサイラスが凶悪なモンスターのブレス攻撃を防いだのを見てきたのだから。

サイラスの盾は、文字通り神の盾だと信じてやまなかったのだ。

――クレイの全身から、一気に冷や汗が噴き出る。

Sランクパーティ『アイギス』は、最強の盾を失った。

それが意味するものは――

『ショアアアア！』

「クッ……！　〈迅破斬《じんはざん》〉！」

襲い掛かってきたアクア・ヒュドラの頭に、魔力で作った刃を撃ち出すクレイ。

その威力は申し分なく、容易《たやす》くアクア・ヒュドラの頭を斬り落とした。

だが――切断された蛇の頭は、すぐに再生する。

アクア・ヒュドラに限らず、ヒュドラの首はいくら落としても無駄なのだ。

だから、身体のどこかにある弱点を突かなければならない。

そのためには多頭の攻撃を掻い潜って、間合いの中に入る必要があるが――クレイをそこまで送り込むサイラスは、もういないのだ。

「ど、どうすればいいんだ……!?　こんなはずじゃ……！」

「――おいでなさい、〈魔骨兵《スケルトン・ガーディアン》〉」

クレイの後ろで、ヒルダが魔術を使う。

彼女の専門たる屍術で、剣と盾を構えたスケルトンが5体ほど召喚された。

「いきなさい、我が僕《しもべ》」

スケルトンたちは血路を開くべく、アクア・ヒュドラに向かって突撃。

しかし――多頭による噛《か》み付きやウォーター・ブレスによって、為す術《すべ》もなく駆逐されていく。

「……ダメねぇ。ここは撤退しましょう、クレイ」

「て、撤退だと!?　バカを言うな！　俺たちはヴォルク様から期待されて来てるんだぞ！　なんの成果も残せず逃げ帰ったりしたら……！　そ、それにサイラスがいなくなったら『アイギス』は……！」

混乱と恐怖で、顔を真っ青に染めるクレイ。

ヒルダは、そんな彼の耳元に顔を寄せ――

「大丈夫よ……サイラスは必ず、帰ってくるわ……。それにあなたの傍には私がいる……。行きましょう、クレイ……」

「う……ううぅ……」

まるで、唇に妖力《ようりょく》を込めたような囁《ささや》き。

その言葉に操られるかのように、クレイはアクア・ヒュドラに背を向けて逃げ出した。

◇　◇　◇

「さて、と……それじゃあ準備は整ったかな」

ダンジョンに潜る用意を整え、ヴィリーネとマイカに声をかける俺。

「はい！　準備はバッチリです！」

「ええ、いつでもいけるわよ」

彼女たちも武器防具に身を固め、出立の準備は万全だ。

――打ち上げの席でライドウさんに話をされてから、今日で2日目。

最初にアクア・ヒュドラ討伐の話をされた時は気が気じゃなかったけど、今ではなんとか平常心を取り戻せている。

ヴィリーネも随分と怖がったが、マイカが凄《すご》い能力を持っていることと、そんな彼女に「先輩」と呼ばれたのが心に火をつけたようだ。

しっかりしなきゃ！って思ったんだろう。生真面目な彼女らしい。

そんなこんなで対アクア・ヒュドラを想定して準備を進め、いよいよ出発。

正直なところ、少しでも無理だと感じたら棄権しようと思っている。

死んでしまっては元も子もないし、大事な団員を失うようではギルドマスター失格だ。

ただ……この依頼は『追放者ギルド』の命運を分けるかもしれない。

そう感じる自分もいるのだ。

俺たちを見送りに来てくれたライドウさんも、笑顔を見せてくれる。

「落ち着いていけよ。なに、お前らならやれるさ。大手冒険者ギルドのギルドマスター様が言うんだから、自信持っていいぜ」

「ありがとうございます。……ところで、カガリナは……」

「ああ、まだヘソを曲げたまんまさ。見送りには来いっつったのに、あの天邪鬼《あまのじゃく》め」

……カガリナは、最後まで俺たち『追放者ギルド』がアクア・ヒュドラと戦うことに反対した。

「バカなの⁉　死ぬの⁉　もう知らないんだから、アイゼンのバカ！」と言ったきり、俺と口をきいてくれない。

――彼女は彼女で、俺たちの身を案じてくれているのだ。

その気持ちはよく伝わっている。

「大丈夫ですよ、ライドウさん。カガリナには必ず帰ってくるから、出迎えには顔を見せてほしいって伝えてください」

「言っとくよ。もっと自分に素直になれってな。さて――」

ライドウさんは真面目な顔つきになると、俺たち3人を見据える。

「最後に、今朝入ったばかりの情報なんだが……ヴォルクの奴が送り込んだ『アイギス』ってSランクパーティが、アクア・ヒュドラの討伐に失敗したらしい。詳細まではわからねぇが、なんでもメンバー1人を失う大損害だったとか」

ライドウさんの報告を受けて、マイカが驚愕《きょうがく》する。

「『アイギス』……!? メ、メンバーを失ったって、一体誰が!?」

「? 名前は知らねぇが、どうやら重装士《タンク》がやられたらしいな」

「――! サイラス……だから言ったのに……!」

悲しそうに、彼の名を呟《つぶや》くマイカ。

そうか……あの時の重装士《タンク》が……

マイカを追放すれば、いずれそうなる運命ではあったのだろうが……

ライドウさんは言葉を続け、

「『ヘカトンケイル』に属するSランクパーティがやられた……それだけアクア・ヒュドラは手強《てごわ》いってことだ。だが、腕利きのSランクパーティでも倒せなかった相手をお前らが倒せたってことになれば、否応《いやおう》なしに世間は注目する。コイツは絶好の追い風だ。さあ――未来を摑《つか》んでこい、『追放者ギルド』!」

◇　◇　◇

アクア・ヒュドラ討伐のため、洞窟《どうくつ》ダンジョンへと潜った俺たち『追放者ギルド』。

薄暗くジメジメとした洞窟の中は重苦しい雰囲気に満ちており、不気味なほどに静かだ。

「な、なんか気味が悪いな……。ヴィリーネ、周囲にモンスターの気配はあるかい？」

「いえ、ありません……。たぶん、弱いモンスターたちは皆姿を隠してるんだと思います……」

そう話すヴィリーネも、やはり怯《おび》えた様子を隠し切れていない。

必死に堪《こら》えて冷静さを保っているようだが、ほんの僅《わず》かに肩が震えている。

「それでマスター、どういう段取りでアクア・ヒュドラを倒すつもり？　なにか作戦はあるの？」

不安そうなヴィリーネに対し、マイカは比較的冷静な感じだ。

元々Sランクパーティとして活動していたから、強敵を相手にするのは多少慣れているのかもしれない。

「ああ、それじゃあ歩きながら事前ミーティングしようか。――アクア・ヒュドラについては色々と調べてきたよ。7つの蛇の頭を持つ、巨大なモンスター……頭はいくら斬り落としても再生するから、身体のどこかにある弱点を突かないと倒せないらしい」

「身体の弱点……ということは、私の出番ですね！」

「ああ、奴にトドメを刺すのはヴィリーネに任せる。ただ、注意しなきゃいけないのは強力な水の魔術ウォーター・ブレスだ。この攻撃が特に強力で、生半可な防御力じゃ意味を成さない。……たぶん、『アイギス』の重装士《タンク》はコレにやられたんだと思う」

「……」

複雑そうな表情のマイカ。

無理もない、彼女がいれば命を落とすことはなかったかもしれないのだから。

自分を追い出した憎い相手とはいえ、かつての仲間。

色々と想うこともあるのだろう。

「ウォーター・ブレス……⁉　そ、そんな攻撃どうやって避《よ》ければいいんですかぁ……！」

「大丈夫よ、ヴィリーネ先輩」

怯えるヴィリーネの手を、マイカがしっかりと握る。

「アクア・ヒュドラの魔術は、アタシが無効化する。だから先輩は自分の役割を全《まっと》うして。そうすれば、きっと勝てる」

「無効化……ですか……？」

やや不安気なヴィリーネ。

——そういえば彼女は、まだマイカの〝隠しスキル〟について詳細までは知らないんだっけ。

紆余曲折《うよきよくせつ》あったしヴィリーネも深掘りはしてこなかったから、すっかり忘れていた。

マイカもそれを思い出したらしく、

「ああ、そっか。先輩にはまだアタシの能力を教えてなかったわよね。うーんと……口で言うより見せる方が早いかしら」

マイカは不敵な笑みを浮かべると、大きな杖《つえ》を持ち直す。

「……ヴィリーネ先輩、さっきこの辺りのモンスターは姿を隠したって言ってたけど、隠れた巣穴はどこにあるか探知できる？」

「ふぇ？　えっと……たぶん、あの窪《くぼ》みにはモンスターが隠れていると思います」

そう言って、ヴィリーネが道の脇に空いた深い窪みを指差す。

それを聞くや、

「OK、それなら──炎よ！〈ファイヤー・ボール〉！」

唐突にマイカは魔術を発動し、炎球を窪みの奥へと撃ち込んだ。

「⁉　マっ、マママイカちゃん⁉　いい、一体なにを──⁉」

「──おっと、手応《てごた》えアリね」

直後、窪みの奥でなにかが動く。

そしてすぐに――ザザザッ！と、大きな物体が飛び出してくる。

6本の足と2対の大きなハサミを持った、巨大な甲殻類。

これは――

「お、おっきな蟹《かに》さんですぅ！」

「ジャイアント・クラブだ！　相当デカいぞ！」

現れたのはCランクモンスターのジャイアント・クラブだった。

ダンジョンで出会う敵としては脅威度こそ低いが、その大きなハサミの一撃は決して侮れない。

ハサミから繰り出される挟撃は岩石でも容易《たやす》く砕くほどで、もし喰《く》らったりすればひとたまりもない。

そんな巨大蟹がガチンガチンとハサミで威嚇しながら、こちらに突っ込んでくる。

「あら、思ったよりも雑魚《ざこ》が出てきたわね。本当は魔術を使ってくる奴が良かったんだけど……」

「マ、マイカちゃん、危ない！」

ジャイアント・クラブが、巨大なハサミでマイカを狙う。

彼女の華奢《きゃしゃ》な身体は、あわや両断されそうになるが――彼女を覆う不可視の力が、ハサミを弾《はじ》き返した。

「！　これは……魔術も使ってないのに――！」

その光景に驚くヴィリーネ。

対するマイカは少しつまらなそうだ。

「これで終わり？　ならいいわ、巣穴を刺激して悪かったわね。睡夢よ――〈スリープ〉」

マイカが魔術を発動すると、ジャイアント・クラブはたちまち戦意を喪失し、そのまま倒れて眠りこけてしまった。

流石はSランク冒険者の魔術師、この程度のモンスターを一瞬で眠らせることなんて造作もないってことか。

「これでわかってもらえたかしら、ヴィリーネ先輩？　アタシの〝隠しスキル〟である【巫《かんなぎ》の祝福】は、対象者への物理攻撃を3回まで無効化できるの。他にも、魔術攻撃や状態異常を完全に無効化するわ。まあデメリットとして、その戦闘中は魔力の上限値が大きく下がっちゃうんだけど――」

「す……すっごいですっ、マイカちゃん！　攻撃を無効化だなんて、凄《すご》すぎます！　これなら、もうアクア・ヒュドラなんて怖くありません！」

安堵《あんど》した顔でマイカに抱き着き、頬擦りするヴィリーネ。

マイカが能力を実際に見せてくれたのは、彼女にとって大いに励みとなったのだろう。

「ヴィ、ヴィリーネ先輩っ、最後まで話を——！　ああもう、くすぐったいってば！　アハハ！」

楽しそうに笑い合う女子2人。

うんうん、マイカもマイカでヴィリーネに心を許してきた感があるな。

これなら上手《うま》く連係も取れそうだ。

正念場を前にあれほど隠していた秘密を教えたのも、ヴィリーネを信頼しているから、そして秘密を隠し通した『アイギス』での反省もあるのかもしれない。

俺はオホンと咳払《せきばら》いをし、

「これでわかっただろう？　対アクア・ヒュドラ戦略はヴィリーネが肝だが、ヴィリーネを奴の弱点まで送り届けるためにはマイカの支援が必須《ひっす》となる。2人の信頼関係がなにより大事なんだ」

「はい、わかりました！　私はマイカちゃんをしっかり信じます！」

「その意気だ。とにかく、ヴィリーネは弱点目掛けて突っ込むこと、マイカの仕事は彼女のサポートだ。俺も——できる範疇《はんちゅう》で手伝うよ」

そう言って、鞄《かばん》の中から爆発ビンを取り出して見せる俺。

まあ、俺だけ傍観してるってワケにもいかないだろうしな。

「ちょっと、マスターの仕事は戦闘じゃないんだから、無茶して怪我なんてしないでよね。荒事はアタシたちに任せておけばいーの」

「アハハ、わかってるよ。無謀な真似はしないから」

そもそも、俺は戦闘に関して専門外だしな。

下手に介入すると、2人の足を引っ張りかねない。

あくまで俺は俺の役割に、戦闘の俯瞰《ふかん》と指令に集中するさ。

なんて自らを戒めていると——

——ザザッ。

——ザザザッ。

——ザザザザッ。

とても不穏な足音が、大量に聞こえてくる。

「……んん？」

なんだか嫌な予感がするな〜と思った直後、他の窪みからジャイアント・クラブが次々と湧き出てきた。

どうやら、他の巣穴に潜んでいたモノたちも刺激してしまったようだ。

俺たちは総勢5匹の巨大蟹に囲まれる。

「……マジか、囲まれたぞ」

「だっ、大丈夫です！　アイゼン様のことは、私がお守りします！」

流石に焦り始める俺とヴィリーネとは裏腹に――マイカは涼しい顔だ。

「丁度いいわ、さっきのじゃ肩慣らしにもならなかったもの。それに……アタシ、本当は蟹って嫌いなのよね！　食べづらいから！」

◇　◇　◇

――一時はどうなるかと思ったが、ヴィリーネとマイカの息の合った連係でジャイアント・クラブの群れを撃退した俺たち一行。

相手がそれほど強くなかったとはいえ、ほとんどこちらの無双状態だった。

さっきの戦いっぷりを、追放者＝弱いとか思い込んでる奴らに見せてあげたいくらいだよ。

そんなことを思いつつ、俺たちは再びダンジョンの中を進む。

しばらくすると――

「ねえ……そろそろ目的の場所じゃない？」

俺たちは開けた場所に出る。

そこには大きな地底湖があり、青碧色《せいへきしょく》の水面が湖底を覆い隠している。

一見すると、静かで美しい景色の場所。

だが、

「皆さん、注意してください……来ます！」

ヴィリーネが声を張り上げた、その刹那《せつな》──

『ショオオオアアアアアアアアアッ!!!』

静寂を突き破って、巨大な蛇が湖の中から現れる。

そして蛇はこちらに向かって、バックリと口を開けながら襲い掛かってくる。

「ッ！　2人共避けろ！」

俺はその攻撃を回避し、ヴィリーネとマイカも既《すんで》のところで余裕でかわす。

そして奇襲に失敗した蛇が湖の方へと戻っていくと、さらに湖の中から1つ、2つ、3つと同じ蛇の頭が出現。

最終的に7つの蛇の頭を持つ巨大なモンスター、アクア・ヒュドラがその全貌《ぜんぼう》を露《あら》わにした。

「これが……アクア・ヒュドラ……！　なんて大きさだ……！」

「さあ、ここから本番よ！　ヴィリーネ先輩、準備はいい!?」

「は……はい！　私は……いけます！」

自らを鼓舞し、奮い立たせ、剣を抜いたヴィリーネはアクア・ヒュドラに向かって突貫する。

そんな彼女を見たアクア・ヒュドラは、蛇の頭の1つを突き出し、開いた口に魔力で水を圧縮し始める。

間違いなく——ウォーター・ブレスを撃つ気だ。

「ヴィリーネ先輩、信じて！　あなたに魔術は通用しない！　あなたには祝福が付いている！」

マイカが、ヴィリーネの背中に向かって叫ぶ。

その声に押されるように、ヴィリーネは一切の防御を捨てたまま走る。

そして、刃《やいば》のように鋭いウォーター・ブレスは放たれるが——ヴィリーネを包む不可視の力によって、その強烈無比な一撃は無力化された。

『ショオアアッ!?』

アクア・ヒュドラにどれほど知性があるのかまではわからないが、奴の反応はとても驚いたようだった。

Sランクパーティの重装士《タンク》ですら一撃で屠《ほふ》る凶悪なウォーター・ブレス、それが無防備に突撃してくる1人の少女に無力化されたのだ。

驚くなという方が無理だろう。

「はあああああああああっ！」

脇目も振らず、前へ前へと突き進むヴィリーネ。

ブレスがダメならば――とばかりに、アクア・ヒュドラの多頭が一斉に襲い来る。

「マイカ！　ヴィリーネの援護を！」

「わかってる！　物理を無効化できるのは3回までよ！　無駄遣いはできない！」

マイカは持っていた大きな杖《つえ》を構え、その先端をアクア・ヒュドラへと向ける。

「風よ――〈ストーム・ブレイド〉！」

マイカが発動したのは風の魔術。

斬撃《ざんげき》の如き疾風がアクア・ヒュドラの多頭を迎え撃ち、幾つかの蛇の頭を斬り刻んでいく。

だが、瞬く間にアクア・ヒュドラも傷を再生してしまう。

そしてヴィリーネに食らい付こうと、彼女へ攻撃。

「──ひゃあ！」

【巫《かんなぎ》の祝福】によって1度目の攻撃が無効化され、蛇の頭は弾かれる。

マイカの〝隠しスキル〟がヴィリーネを守っている証拠だ。

しかし、そのスキルが発動しているということは──彼女の魔力量が大幅に低下している証左でもある。

「くっ、やっぱり低燃費な魔術じゃ時間稼ぎにもならない……！　ゴメン、やっぱりマスターも手伝って！」

「ああ、任せろ！　これでも──くらえ！」

俺も走り出し、助走をつけて手に持っていた爆発ビンを投げる。

ビンは直撃し、爆発によって蛇の頭はひるむが、お世辞にも効果的とは言い難い。

「氷よ──〈フロスト・ノヴァ〉！」

次に氷の魔術を使うマイカ。

この攻撃によって蛇の頭の1つが凍結し、氷のように固まる。

そこに向かって俺が爆発ビンを投げ込むと、凍り付いた頭は砕けて粉々になった。

だが――それでも残りの頭は6つもある。

オマケに砕いたばかりの頭も徐々に再生を始め、このままでは埒《らち》が明かない。

「ダ、ダメだわ……！　なんとかして隙を作らないと、ヴィリーネ先輩が近付けない！」

それぞれ独立して動く7つの頭は、攻防共に隙がない。

あれを掻い潜って懐に飛び込むなど不可能だ。

しかしマイカは【巫《かんなぎ》の祝福】を発動しているため、大量に魔力を消費する大掛かりな攻撃魔術を使えない。

いや、仮に使えたとてどこまで奴の動きを止められるか……

考えろ……なにか、なにか手はないか――

「く……ぅ……っ！」

そうしている間にも、ヴィリーネがアクア・ヒュドラの猛攻を死に物狂いで回避していく。

だが、7つの同時攻撃を避《よ》け切るなど至難の業。

さしもの彼女でも――

「しまっ――ひゃうっ！」

捌《さば》き切れず、再び攻撃を受けてしまう。

「！　これで2回……もう後がないわ！」

考えろ――考えるんだ――

数秒だ、数秒でもアクア・ヒュドラの動きを止められればいい。

状況、編制、装備、地形……あらゆることを複合的に考え、イメージし――俺はようやく、1つの案を思いつく。

「……マイカ、キミの【巫《かんなぎ》の祝福】は――〝人〟にしか掛けられないのか？　それと、戦闘中に対象を変えることはできるか？」

「は、はあ？　どういう意味よそれ、この状況でなにを――！」

「いいから！　〝物〟でも大丈夫なのか!?　それから、無効化される物理攻撃の判定はどこまでだ!?」

「そ、それは……対象の変更はできるけど、物理無効化の回数は回復しないわよ。攻撃の判定で言えば、魔術以外の物理的な打撃とか斬撃とか……あとは衝撃とか、だと思うけど……」

――よし、期待した答えが返ってきた。

それなら――イケるかもしれない。

「ヴィリーネ、聞いてくれ！　今からキミに掛けた祝福を外す！　だから一旦《いったん》攻撃のことは忘れて、陽動に専念してくれ！　回避に集中するんだ！」

「ふぇ⁉　わ、わかりました！」

「⁉　アンタ気は確かなの⁉　ここで先輩を無防備にするなんて――！」

マイカは理解できないとばかりに、俺を押し止《とど》めようとする。

勿論《もちろん》、今から俺がやろうとしてることはリスクと背中合わせだ。

だけどこのままジリ貧の戦いを続けてたって、結果は同じ。

むしろ――コレの方が、よほど勝率が上がるはず。

「……大丈夫、俺は正気だよ。頼むマイカ、信じてくれ。上手《うま》くいけば、この状況を打開できるはずだ」

「……っ、わかった、信じるからねマスター。ごめん、ヴィリーネ先輩！」

直後、ヴィリーネを護《まも》っていた祝福が解除される。

さあ、これで賽《さい》は投げられた――あとは逆転ってヤツを見せてやろうじゃないか！

俺は肩から下げていた鞄《かばん》を急いで下ろす。

そう、大量の爆発ビンが詰まった鞄を。

「マイカ、今からこの鞄を湖の中に投げ込む。だからコレに【巫《かんなぎ》の祝福】を掛けてくれ。鞄が沈んだらすぐに解除して、またヴィリーネに戻すんだ」

「こ、この鞄に？　ああもう、意味わかんない！　後で全部説明しなさいよね！」

「ああ、勿論。ヴィリーネは陽動を頼む！　でも無茶はするな！」

「はい！　任せてください！」

俺の指示に合わせ、全員動き出す。

ヴィリーネはアクア・ヒュドラを陽動し、注意を自分の方へと向ける。

相変わらず7つの頭の猛攻は続き、見ているだけでもヒヤヒヤだが、攻撃の回避に集中する彼女は上手くヘイトを稼いでくれている。

俺も鞄の肩掛けを摑《つか》み、

「上手くいって――――くれよッ!!!」

全力で、鞄を投げる。

爆発ビンが詰まった鞄は宙を飛び、ヴィリーネを狙う7つの頭はそれに見向きもしない。

そして鞄は水面に落下し、バシャッと音を立てるが――爆発することはない。

狙い通り、【巫《かんなぎ》の祝福】は落下の衝撃を無効化してくれた。

鞄はそのまま――湖の中へと沈んでいく。

「――マイカ！　祝福を解除して、鞄に向かって魔術を撃ち込め！　水面の下まで貫通するヤツを頼む！」

「了解！　氷よ――〈アイシクル・スピア〉！」

詠唱するや、彼女の頭上に大きな氷の槍《やり》が出現。

それは放たれた矢のように高速で飛翔《ひしょう》し、水面を容易《たやす》く貫通。

氷槍の切っ先はしっかりと鞄を捉《とら》え――爆発ビンは水中で一斉に起爆。

刹那《せつな》――――雷鳴にも似た爆音が轟《とどろ》き、とてつもない衝撃波と水柱がアクア・ヒュドラを襲った。

普通に地上で爆発させた時とは比べ物にならないほど、特大の大爆発である。

『ショアアアアアアアアアアアアアアアアッッッ!!!』

「こ、これは――ッ！」

「これが最後のチャンスだ！　アクア・ヒュドラが打ち上がるぞ！」

水中で爆発が起きると、泡が膨張と収縮を繰り返すことで大きな衝撃波を発生させる。

その衝撃波は空中でのそれよりも遥《はる》かに強力だと、学生時代に書庫の本で読んだことがあったが――これは想像以上だ。

アクア・ヒュドラは大ダメージを受け、その巨体を宙に浮かせる。

そしてそのまま陸に打ち上げられ、明らかに動きが緩慢になる。

もしこれがもっと弱いモンスターであれば、爆発を受けた時点で即死していることだろうが、そこは流石上位モンスターと言うべきか。

だが――こうなってしまえば、もうこちらのものだ。

「ヴィリーネ！　今だッ！」

「はあああああッ！」

アクア・ヒュドラの胴体に向かって、全速力で飛び込むヴィリーネ。

既に【巫《かんなぎ》の祝福】が物理攻撃を3回防いでいる。

物理攻撃から彼女の身を護るモノはもうない。

だがアクア・ヒュドラにも7つの頭を動かす力はほとんど残っておらず、まさしく千載一遇のチャンス。

『ショアア……ッ』

しかし1つの頭が最後の力を振り絞り、首を上げる。

そして大きく口を開き、再びウォーター・ブレスを放つも――やはり今の彼女には効かない。

【巫《かんなぎ》の祝福】がある限り、彼女に魔術攻撃は通じないのだから。

そして遂《つい》に――――ヴィリーネは、アクア・ヒュドラの胴体に剣を突き刺す。

同時に――アクア・ヒュドラの動きが完全に止まった。

……よく見ると、彼女が剣を突き立てた場所だけ鱗《うろこ》が逆さまになっている。

逆鱗《げきりん》という部位だ。

ヴィリーネの目には、そこが奴の弱点なのだと見抜けていたのである。

――グラリ、と最後まで掲げられていた頭の1つから力が抜け、地面へと倒れる。

ヴィリーネもアクア・ヒュドラの身体から剣を抜き、

「…………た、助かったぁ……」

ハアハアと息を切らし、大の字になって寝転ぶ。

「や――やった、やったぞっ！」

「たお、した……？　アタシたち、あのアクア・ヒュドラを倒したんだわっ！」

俺とマイカの中で勝利の喜びが瞬間沸騰し、急いでヴィリーネの下へと駆け寄る。

「やったぞヴィリーネ！　大手柄だ！　本当に凄《すご》いぞ！」

「先輩！　アタシたち生きてるのよ！　生きて……皆で勝ったの！　良かった……本当に……っ！」

グリグリグリグリと、疲れ果てたヴィリーネを抱きかかえて頬擦りする俺とマイカ。

「や……やりましたぁ……私、もう役立たずなんかじゃ……かくっ」

緊張の糸が切れ、ヴィリーネは意識を失う。

――この日、この瞬間、俺は改めて確信した。

追放者は無能なんかじゃない。

追放者はステータスの低い役立たずなんかじゃない。

彼女たちは、それを証明してみせた。

彼女たちなら、きっと追放者と蔑《さげす》まれた者の未来を変えてくれる。

俺の始めたことは――俺の想いは――間違ってなかったんだ――と。

◇　◇　◇

洞窟《どうくつ》ダンジョンを出た俺たちは、夕暮れの下で『デイトナ』へと向かっていた。

疲れ果てて気絶し、そのまま眠りこけてしまったヴィリーネを背負って歩く俺。

その隣でマイカが歩調を合わせてくれる。

「むにゃ……むにゃ……」

「よっぽど緊張してたのね……ヴィリーネ先輩ったら、全然起きる気配ないわ」

「ああ、この子は元々怖がりな性格だからね。本当に、よく勇気を出してくれたと思うよ」

あれほど手強《てごわ》いアクア・ヒュドラに向かって、無防備に突っ込むその恐怖——計り知れないものがあったはずだ。

それでも、ヴィリーネは仲間を、マイカを信じた。

俺が信じた追放者を、彼女も信じてくれたんだ。

「ヴィリーネは、帰ったらうんと褒めてやらないとな。よくやったぞって」

「へぇ？　アタシは褒めてくれないのかしら、マスター？」

「い、いや、別に褒めないとは言ってないだろ……」

「冗談よ、クスクス」

悪戯《いたずら》っぽく笑い、フサフサな耳をぴょこぴょこ動かすマイカ。

そしてしばしの沈黙の後、

「でも驚いたわ。アタシの【巫《かんなぎ》の祝福】をあんな風に使うなんて。凄い発想と言うべきか、なんと言うべきか……」

「アハハ、咄嗟《とっさ》の判断だったよ。実際、あんな感じで使うのは本来邪道だろうし。しかし、キミもあの時よく俺を信じてくれたね。ありがとう、マイカ」

「アタシは、もうアンタを信じるって決めたの。ただそれだけよ」

フン、とマイカは鼻を鳴らす。

そして俺と歩調を合わせながら、

「……マスターと『ビウム』で別れた後、一晩中悩んだわ。アタシはどうするべきなんだろうって。もしかしたら、またアンタたちに迷惑をかけるかもしれない。もしかしたら、そのせいでまた追放されるかもしれない。色んなイヤなことを考えて……でもやっぱり、アタシはアンタたちと一緒にいたいって思ったの」

打ち明けるように、ゆっくりと話す。

俺はそんな彼女の言葉を、ただ聞き続ける。

「マスターはアタシの秘密を知っても、ちっとも迷わなかった。初めと同じように、アタシを仲間に誘ってくれた。アタシの居場所を作るって、そう言ってくれた。――あの時に気付いたの。ああ、アタシが本当に欲しかったモノはそれ、それなんだって」

「マイカ……」

「ねぇ、マスター。約束してくれる？　いつまでもアタシの居場所でいてくれるって。『追放者ギルド』を、アタシの帰るべき家にしてくれるって。そして……もしもアタシのせいでその家が壊れてしまいそうになったら――迷わずアタシを追放するって」

固い決意を秘めた、けれど寂しそうな声色。

……俺は、少しだけ思い違いをしていたかもしれない。

彼女は、マイカは本当に覚悟を決めて俺の下に来てくれたんだ。

――自分が求めたモノは、いずれ自分の生まれのせいで崩れてしまうだろう。

だけどそれでも、必要としてくれる人がいる。

ならばその結末から目を背けずに、いずれ訪れる悪夢を受け入れよう。

そして今を生きよう。

今この瞬間、自分を〝仲間〟と呼んでくれる者たちのために――

きっと、そんな風に思ってるんじゃないだろうか。

なら――俺が返す答えは1つだ。

「ああ……約束する。『追放者ギルド』が、俺たちがキミの居場所になるよ。だけど絶対に、なにがあってもキミを追放したりしない。キミ自身が悪いコトをしない限りはね」

「――っ！　だから、アタシはシロカネ一族に――！」

「シロカネ一族？　知らないなぁ、それに関係ない。だって俺が仲間に迎えたのは〝マイカ・トライアンフ〟なんだからさ。どこぞの王族が言い掛かりをつけてくるなら、その時は全力で抵抗するよ。ギルドマスターには、仲間を護《まも》る義務があるんだから」

――俺の言葉を聞いたマイカは、とてもとても驚いたようだった。

歩みを止めて、立ち尽くす。

「……アンタ、バカだわ。本当の本当に大バカ者よ。そんなこと言えるの、アイツらの恐ろしさを知らないからだわ。…………でも……でもっ……ありがとうっ、本当に……っ！」

夕暮れ空の下、マイカはぎゅっと拳《こぶし》を握る。

この時彼女がどんな表情をしていたのか——語るまでもないだろう。

「さあ、帰ろう。もうすぐ『デイトナ』に着く。今の話は胸の内にしまって、しっかりと背負わせてもらうから」

「ぐす……へえ、ヴィリーネ先輩を背負ったその背中で？　なら試してあげるわ。それ！」

突然、俺の背中に抱き着いてくるマイカ。

さらに、ヴィリーネの上に乗ろうとしてくる。

「こ、こら、やめろ！　ヴィリーネが起きちゃうだろ！　それに重い……！」

「団員の秘密も背負えないで、ボスは務まらないんじゃなかったのかしら？　ホラ、男の子でしょ。頑張ってみなさいな、フフッ♪」

なるほど……これがギルドマスターの重責ってコトなんだな……？

なら背負ってやろうじゃないか……！

女の子2人を背負い、歯を食いしばって歩き出す俺。

——そんなやり取りをしている内に、気が付けば『デイトナ』の街が見えるところまでやって来ていた。

すると、

「キュイー！」

上空で聞き覚えのある声が響いた。

顔を上げると、そこにはグルグルと旋回しながら飛行するハリアーの姿が。

そして街の入り口には、見覚えのある人影が2つ。

ライドウさんとカガリナだ。

「あれ？　カガリナ、出迎えにきてくれたんだな」

「——アイ……ゼン……！」

俺の顔を見た瞬間、彼女の顔がくしゃっと歪《ゆが》み、目尻《めじり》に涙が浮かぶ。

そして彼女は猛烈な勢いでダッシュすると——頭から俺の腹部にダイブし、そのままがっしりと抱き着いた。

「ぐふぅっ!?」

「バカ、バカ、ホントにバカなんだから……！　どんだけ心配したと思ってんの⁉　もう二度と戻ってこないんじゃないかと……っ！」

「わ、悪かった……悪かったから放して……！」

ヴィリーネとマイカを背負う重さと、カガリナの強烈なホールドで俺の身体は既に限界を迎えつつある。

そんな俺を見て、ライドウさんは大声で笑った。

「ハッハッハ！　カガリナの奴、結局お前さんが心配で何時間もあそこで待ってたんだぜ？　男ならしっかり受け止めてやんな。それが甲斐性《かいしょう》ってモンだ」

ライドウさんは言葉を続け、

「……よく戻ったよ、アイゼン。お前は偉大なギルドマスターだ。これで『追放者ギルド』の力は証明されたワケだが――その実力を見込んで、冒険者ギルド連盟の総代が話をしたいそうだぜ？」

エピローグ

――〝追放者を集めた新興ギルドが、アクア・ヒュドラを討伐した〟


この電撃的なニュースは、あっという間に冒険者界隈《かいわい》に広まった。

討伐の情報を、冒険者ギルド連盟の本部が大々的に公表したためである。

勿論《もちろん》、世間的に低ステータスの弱者として見られる追放者の活躍――という部分も注目のポイントではあった。

だがそれ以上に噂の勢いに拍車をかけたのは、あの大手冒険者ギルド『ヘカトンケイル』のSランクパーティが、討伐されたアクア・ヒュドラに一度惨敗しているという事実。

それもあって、ライドウさんの言った通り『追放者ギルド』の名前は一躍有名になっていた――


「ふわぁ～……ここが、私たち『追放者ギルド』の新しいお家《うち》ですかぁ～……！」

頭上を見上げて、嬉《うれ》しそうにヴィリーネが言う。

彼女の視線の先にあるのは、見栄えのいい2階建ての建物。

そして1階部には両開きの扉があり、その入り口の上には『追放者ギルド《Exiles Guild》』と綴《つづ》られた看板が掛けられている。

「うん、アクア・ヒュドラ討伐の報酬で、資金にかなり余裕ができたからね。いつまでも根無し草ってワケにもいかないし、中古の建物を買ったんだ。これでようやく、活動を軌道に乗せられそうだよ」

「案外立派じゃない。場所は少し郊外だけど、『デイトナ』に通えない距離じゃないし。物件を見る目もあるなんて、流石はマスターね」

マイカも感心した様子で見上げる。

――アクア・ヒュドラの討伐から、早数日。

世間は〝アクア・ヒュドラを倒した追放者たち〟の話題でもちきりだ。

流石にビッグニュースではあったが、「それ本当なのか？」という疑念を持つ冒険者も多く、俺たちが特別に英雄扱いされることはなかった。

追放者＝低ステータスの無能、という偏見を世間から消し去るには、まだ時間がかかるということなのだろう。

とはいえ、追放者を差別的に扱う者の少ない『アバロン』の冒険者たちからは随分と声をかけてもらえた。あれは嬉しかったなぁ。

さて、俺たち『追放者ギルド』の現状はというと――勝利の興奮も落ち着き始め、これからの活動をどうしていくかを模索中。

今後について3人で話し合い、カガリナやライドウさんからもアドバイスを貰《もら》った結果、とにかくまずは拠点を持とうってことになった。

ギルドとして旗揚げしたからには、『アバロン』に入り浸ってばかりもよくない。

やはりギルドであるならば、依頼などは自分で取ってこられるようにしたい。

なにより、追放者たちが困った時に、迎える場所があるべき――

そういう意味もあって、地に足を付けた――そんな次第だ。

「ふぅん、いい感じの建物選んだのね。アイゼンのくせに生意気」

俺たちが新居に惚《ほ》れ惚《ぼ》れとしていると、手荷物を抱えたカガリナがやって来る。

「カガリナ！　店の方は大丈夫なのか？」

「ええ、他の子に受付を任せてきたから。それよりコレ、引っ越し祝い」

そう言って、彼女は瓶やパンなどの食べ物が入ったバスケットを手渡してくれる。

しかし、引っ越し祝いという表現は正しいのか？なんて野暮な突っ込みは止《よ》そう。

「親父も近々挨拶《あいさつ》に来るって言ってたわ。ギルド同士仲良くやろうぜ、ですって」

「あら？　仲良くしたいのはあなたの方じゃなくて？　前は泣いてマスターに抱き着いてたのに」

クスクス、と笑いながらカガリナをからかうマイカ。

「んなっ！　うっさいわ、このケモ耳娘！」

「もう、ハッキリしないのね。好きなモノは好きって言えばいいじゃない。ねぇヴィリーネ先輩」

「ふぇ!?　そっ、そうですね！　こ、好意を伝えるのは大事だと思いましゅ！」

噛《か》んだ。顔を真っ赤にして。

相変わらずヴィリーネは癒《い》やされるなぁ。

「そんなことより！　親父から伝言よ。冒険者ギルド連盟の総代の件」

「ああ……それでいつお会いできるんだ？」

「今から1週間後ですって。ホント大物になっちゃったわよね、アンタ……。新米のギルドマスターに総代が会ってくれるなんて、ないわよ普通」

ホントだよな、俺もそう思うよ。

ライドウさんから初めて総代と会えると言われた時は、頭が真っ白になった。

いくらアクア・ヒュドラを討伐したと言っても、まさかそこまで評価されるなんて思ってもみなかったからだ。

冒険者ギルド連盟の頂点にして、数多《あまた》の冒険者を束ねる豪傑……

一体どんな人物なのだろう。やっぱりおっかない人なのだろうか？

もう想像もつかない。

全く、なにを言われるのか気が気じゃないけど――今それを考えるのは止めよう。

「了解、総代となにを話すかぐらいは考えておくよ。それよりカガリナ、時間あるならウチに寄ってかないか？　新居を祝ってパーティでも――」

今は純粋に、ギルドが名実共に創設できたことを祝いたい。

ちょっとくらい、頭を真っ白にしてもいいだろう。

そう思ってカガリナに声をかけたのだが、

「――あのー、すみませーん」

俺がカガリナを建物の中に招こうとした時、そんな声が俺たちを呼び止めた。

そうして、俺たちの前に1人の冒険者が現れる。

その冒険者はやや緊張した面持ちで俺たちを見ると、

「ここに来れば、『追放者ギルド』の方々とお会いできるって聞いたんっスけど……。あなた方でお間違いないでスか？」

「ああ、確かに俺たちが『追放者ギルド』だけど……」

「その～、恥ずかしながらステータスが低いってパーティを追放されてしまって……。こんなウチでも、雇ってもらえまスかね……？」

その言葉を聞いて、俺は自分の心が弾むのがわかった。

「！　ええ、勿論！　俺たちはあなたを歓迎しますよ。ようこそ、『追放者ギルド』へ！」

あとがき

本書を手に取って頂いた皆様、本当にありがとうございます。

作者のメソポ・たみあと申します。

あとがきってなにを書けばいいのか未《いま》だによくわからないのですが、とりあえずこの本を本屋で立ち読みしている皆様にそのままレジまで持っていきたくなる催眠術をかけます。

ぽわわ。

弱者と蔑《さげす》まれて追放された者たちが本当の力を発揮し、互いを認め合って強大な敵を打ち破っていく【ようこそ『追放者ギルド』へ】、いかがだったでしょうか。

おそらく多くの読者様が初めて本作を目にすることと思いますが、WEB版からお付き合い頂いている皆様は内容の変化に驚かれたかもしれません。

全ページの約半分が新規に書き起こされているので、実質別物とも言えますね。ウーゴって誰やねん、と思った方も多いはず。

担当編集者様の指導の下、特にキャラクターの内面や心情をより深く描写することができました。

ＷＥＢ版と比較してもヴィリーネやマイカが抱える葛藤《かっとう》や悩みがより浮き彫りになっているので、彼女たちのヒロイン力がＵＰしていることでしょう。別に作者にヒロインには苦しんでほしいとか歪《ゆが》んだ性癖はありませんよ？

それと、ＷＥＢ版からお読み頂いている皆様は「某兄貴氏の出番が少ない！」と思われたかもしれませんが……それはつまり彼の活躍が２巻に集約されるということ。

ぜひ楽しみにして頂きたいのと、この１巻が売れてくれないとそもそも２巻を出せないので、やっぱり皆様には本書をレジまで持っていく催眠術をかけますね。ぱわわ。

最後に、本作の担当編集者様と、そして美麗なイラストを手掛けて頂いたＵ助様に、心からの感謝を申し上げます。

お仕事と言えばそこまでなのかもしれませんが、ほとんど素人《しろうと》作家な僕に手取り足取りアドバイスしてくれた担当編集者様。そして度重なるリテイク（特にアイゼンはお疲れ様でした……）にも拘《かか》わらず素晴らしいキャラクターデザインとイラストを仕上げてくれたＵ助様。

多忙な仕事、限られた時間、変わりゆく世相、そんな中でも真摯《しんし》に作品と向き合って、どこまでもストイックに良い物を作ろうとするお二人には、創作を愛する者として多くを学ばせて頂きました。僕も負けていられないなと思った次第です。

そして『追放者ギルド』を応援してくれている、読者様。

今まさにこのあとがきを読んでくれているあなたの応援がなければ、この作品を世に残すことはできなかったでしょう。

本当に、本当にありがとうございます。

この書籍版が、あなたに少しでも楽しみをもたらすことができたなら幸いです。

不安なことが続く世の中ではありますが、アイゼンやヴィリーネたちの活躍が少しでも皆様の心を照らせればと思います。

それでは、２巻が出た暁にはどうか引き続きお付き合いくださいませ。

二〇二一年三月　メソポ・たみあ

ようこそ『追放者《ついほうしゃ》ギルド』へ
～無能《むのう》なSランクパーティがどんどん有能《ゆうのう》な冒険者《ぼうけんしゃ》を追放《ついほう》するので、最弱《さいじゃく》を集《あつ》めて最強《さいきょう》ギルドを創《つく》ります～

著　メソポ・たみあ

角川スニーカー文庫　22578

2021年3月1日　初版発行

発行者　青柳昌行

発　行　株式会社KADOKAWA
〒102-8177 東京都千代田区富士見2-13-3
電話　0570-002-301（ナビダイヤル）

印刷所　株式会社暁印刷
製本所　株式会社ビルディング・ブックセンター

Printed in Japan　ISBN 978-4-04-111125-3　C0193

★ご意見、ご感想をお送りください★
〒102-8177 東京都千代田区富士見 2-13-3
株式会社KADOKAWA　角川スニーカー文庫編集部気付
「メソポ・たみあ」先生
「U助」先生

角川文庫発刊に際して

角川源義

第二次世界大戦の敗北は、軍事力の敗北であった以上に、私たちの若い文化力の敗退であった。私たちの文化が戦争に対して如何に無力であり、単なるあだ花に過ぎなかったかを、私たちは身を以て体験し痛感した。西洋近代文化の摂取にとって、明治以後八十年の歳月は決して短かすぎたとは言えない。にもかかわらず、近代文化の伝統を確立し、自由な批判と柔軟な良識に富む文化層として自らを形成することに私たちは失敗して来た。そしてこれは、各層への文化の普及滲透を任務とする出版人の責任でもあった。

一九四五年以来、私たちは再び振出しに戻り、第一歩から踏み出すことを余儀なくされた。これは大きな不幸ではあるが、反面、これまでの混沌・未熟・歪曲の中にあった我が国の文化に秩序と確たる基礎を齎らすためには絶好の機会でもある。角川書店は、このような祖国の文化的危機にあたり、微力をも顧みず再建の礎石たるべき抱負と決意とをもって出発したが、ここに創立以来の念願を果すべく角川文庫を発刊する。これまで刊行されたあらゆる全集叢書文庫類の長所と短所とを検討し、古今東西の不朽の典籍を、良心的編集のもとに、廉価に、そして書架にふさわしい美本として、多くのひとびとに提供しようとする。しかし私たちは徒らに百科全書的な知識のジレッタントを作ることを目的とせず、あくまで祖国の文化に秩序と再建への道を示し、この文庫を角川書店の栄ある事業として、今後永久に継続発展せしめ、学芸と教養との殿堂として大成せんことを期したい。多くの読書子の愛情ある忠言と支持とによって、この希望と抱負とを完遂せしめられんことを願う。

一九四九年五月三日